우리는 오피스텔에 산다

전민식 장편소설

전민식 장편소설

우리는 오피스텔에 산다.

아시아

차례

이안, 이제 우리 그만하지. 나도 할 만큼 하지 않았는가? 자네도 할 만큼 했고. 이제 몸 곳곳에 금이 가고 있어. 지난봄엔 하수관이 막혀서 하수들이 역류하지 않았는가. 관들도 이젠 녹슬고 낡았어, 냄새는 또 어떻고. 다른 사람들은 그게 잘 안 보이겠지. 이안 자넨 알지? 자네나 나나 이젠 늙었어. 우리가 원해서 늙은 건 아니지만 핏줄이 좁아지고 살비듬 떨어지고 음습한 부위에선 더 이상 싱그런 냄새는 나지 않는다는 걸 나도 알고 자네도 아네. 철근이 들어 있어야 할 자리는 텅 비어 바람만 불면 시큰거린다네. 이젠 누가 누구인지도 모르겠네. 알던 사람들도 모두 어디론가 흩어지지 않았는가. 그리고 자네나 나나 더 이상 세월을 견딘다는 건 무리네. 지하에 사는 상훈이라는 청년도 아는 거 같고, 편의점 하는 창범이란 사람도 아는 거 같던데……. 우리 이제 그만하지.

1

왁스네가 단지의 1층 로비와 복도에 왁스를 먹이고 있다. 오후 늦게 작업이 시작된 데다가 금방 바닥이 왁스를 먹어버려 무광택의 울퉁불퉁한 바닥이 드러나지만, 왁스 칠이 되어 있을 땐 그래도 잠깐은 빛이 난다. 이안은 1층 출입구와 복도만은 건물의 얼굴이라면서 한 달에 한 번은 꼭 바닥에 왁스를 입히라고 말했다. 반들거리게. 해가 지고 복도 등이 불을 밝히면 울퉁불퉁한 바닥이 훤히 드러나며 꿈틀거렸다. 창범은 그런 복도를 볼 때마다 괜히 소름이 돋았다. 거의 40년 동안 왁스를 먹은 오피스텔이니 살아 있을 법도 했다. 그 말을 했다가 말자에게 '덜떨어진 영감'이라는 잔소리를 뒤집어쓴 뒤로 입 밖으로 내뱉지 않은 지 오래되었다. 슬쩍 다시 살펴보니 복도는 오늘도 꿈틀거린다.

“더 이상 오지 말라네요. 이젠 왁스 칠 안 한답니다.”

왁스네와 네팔 청년이 길게 늘어진 노을에 눈살을 찡그리며 창범에게 말한다.

“왜?”

“나야 모르죠. 니미 아버지 때부터 왁스 먹였던 건물인데, 다른 건물 반값도 안 받는데 우리보다 싸게 해주는 데가 어디 있다고…….”

“이안 사장은 만나봤고?”

창범은 이안을 이안 사장이라 불러야 말하는 맛이 난다.

“아버지가 그 양반 만나봐야 소용없다는데, 아버지 속을 알다가도 모르겠으니.”

“이안 사장 만나면 내가 한번 말 넣어볼까?”

“그럴 필요 없습니다. 어차피 말 끝난 거니까요.”

“어쩌면 여기 철거할지도 몰라서 그럴 거야.”

“그게 어디 어제오늘의 일입니까.”

“하긴…….”

“아무튼 우리가 뭐가 맘에 안 들었는지…….”

왁스네는 섭섭한 내색을 굳이 감추지 않는다. 찹찹, 창범은 괜히 입맛을 다신다. 단지 거주자들은 수시로 바뀌었다.

일주일 살다 떠난 입주자들도 있었다. 길어야 1년 살면 오래 산 것이었다. 하지만 외부 청소업체 등은 어지간해선 교체를 하지 않았다. 바쁜 시간 피해서 할 일 없을 때 와서 해줘. 노느니 염불하는 심정으로 오라고 부르는 업체들이 대부분이었고 세월이 흐르다 보니 외주 용역업체들도 나름의 요령이 생겨 대충 작업했다. 익숙해졌고 요령도 생겼으니 작업하는 사람도 줄고 시간도 단축되니 비용을 더 줄여야 한다는 게 건물주 생각인데 용역업체들이 별다르게 항변하지 않았다. 그러니 업체들도 사람 줄이고 시간 줄이고 돈도 줄였다. 좋은 게 좋은 거라는 게 건물주 철학인 줄 알았는데 그게 아니었다. 밤이 지나면 건물은 하룻저녁에 왁스를 모두 먹어버려 예전의 탁한 바닥을 드러냈다. 좋은 건 좋은 게 아니었다. 그래도 매달 꾸준히 돈이 지급되다 보니 업체들은 쉽게 일을 놓지 못했다. 월세를 받는 건물의 위력은 대단했다.

자네도 알겠지만, 사람들이 예전 같지 않네. 정성도 예전만 못하고, 3년 전만 해도 국산 왁스를 쓰다가 중국제로 바뀐 후부터 몸에서 고약한 냄새가 나기 시작했다네. 모른 척하지 말게. 왁스가 바뀌어서 냄새도 나지만 본래 늙으면 냄새가 나기 마련 아닌가. 자네 가족들이야 모른 척하겠지. 어쩔 수 없이 여기 사는 사람들도 그냥 눈감고 코 막고 사는 거네. 자네 살에서 나는 냄새랑 비슷하단 말이네. 무슨 냄새라니? 내 몸이 풍기는 쉰내 말이네. 비 오는 날이면 고린내가 나기도 하고. 자네도 그렇고. 내 몸은 내가 아네. 왁스 먹여서 반들거리게 한다고 해서 내가 달리 보이겠는가. 그래도 냄새는 어쩔 수 없네. 임산부들이 복도를 지나며 웩웩거리는 소리를 들어본 적이 없다고? 웃기는군. 자네 밤마다 쥐가 나지 않던가. 쥐가 나면서 고약한 냄새가 입에서 흘러나오는데 설마 아니라는 말은 못 하겠지. 이젠 그놈의 왁스가 뿌리까지 내려와 닿았네. 정말 징그럽네. 왁스만 생각하면 몸이 오글거리네. 자네도 생각해보게, 자네 몸에다가 기름칠을 잔뜩 한다고 생각해보게. 그 찝찝함을 견딜 수 있겠는가. 앞으로 왁스 청년들이 안 온다니까 그건 정말 고맙네. 행여 엉뚱한 생각일랑 말게.

창범은 카드를 건네며 새끼손가락으로 귀를 후벼 판다.
“어느 놈이 내 욕을 해대나.”
“네?”

"아니. 귓속이 간지러워서."

"아, 네……."

왁스네는 토스트와 바나나우유를 두 개씩 산다. 둘은 가게 앞 계단에 앉아 말없이 제 몫의 토스트와 우유를 먹는다. 창범은 처마 밑의 간이 테이블을 손으로 가리키려다 접는다. 사람들은 처마 밑 테이블보다 계단에 앉아 뭐든 해결했다. 술도 마시고 커피도 마셨다. 계단에 앉아 컵라면을 먹어치우는 치들도 있었다. 창범도 이젠 더 이상 잔소리를 하지 않았다. 왁스네가 사라진 자리 위를 노을이 덮는다. 두 사람이 떠나자 호두가 가게 안으로 들어 온다.

창범은 호두를 곁눈질하며 늘어지게 하품을 한다. 슬쩍 시계를 보니 아내가 저녁을 먹고 있을 시간이다. 호두는 가게 안 간이 테이블 앞에 서서 허겁지겁 컵라면을 먹는다. 그는 저녁 식사를 매일 컵라면으로 때운다. 그는 책 한 권 낸 적 없지만, 자칭 작가다. 호두가 그렇게 말하니 창범은 그렇게 믿는다. 긴 머리를 고무줄로 묶은 데다가 덥수룩한 수염이 작가적인 분위기는 풍겼다.

'아저씨, 글쎄, 제가 태어난 집 앞에 제법 큰 절이 하나 있었죠, 그런데 그 절에 우리나라에서 가장 오래된 호두나무가 있다지 뭡니까, 우리나라 최초의 호두나무요, 내가 태어났을 때 그 절의 호두나무가 떠올랐답니다, 그래서 호두, 참 나, 우리가 인디언도 아니고. 사람 이름을 어떻게 호두라고 짓습니까. 장호두, 참말로 지긋지긋합니다.'

호두는 술에 취해 술을 더 사거나 숙취해소음료를 사러 들를 때면 이름의 내력에 관해 늘어놓았다, 지긋지긋하게도.

창범은 계산대 아래 바구니에 담긴 김밥을 챙겨 들고 호두에게 간다. 김밥의 유통기한은 어제 자정까지였다. 하루 이틀은 더 먹어도 별 탈 없는 김밥이지만 유통기한이 넘긴 즉석식품을 팔다가 걸리면 한 달 영업정지다. 한 달 영업정지에 걸리면 타격이 크다. 몰래 팔 수도 있지만 요즘 영악한 것들은 그냥 넘어가는 법이 없다. 게다가 요즘엔 사소한 일에 목숨 거는 인간들이 들끓어 조심해야 한다. 1399. 출입문 눈이 닿는 자리에 전화번호가 붙어 있다. 식품위생법 위반을 신고하라며 구청에서 내다 붙인 번호다.

"아저씨, 매번 고마워요."

"어차피 반품할 거야. 다른 입주자들한테 떠벌리지 마."

창범은 김밥 세 줄을 그에게 주고 돌아선다. 계산대로 돌아왔을 때 출입문이 열리고 미연이 들어선다. 출근하는 모양이다. 그녀는 업소에 나간다. 미연은 자신이 업소에 나가는 걸 숨기지 않았다. 오피스텔 남자들에게 자신이 업소에 나간다는 사실을 공공연하게 흘렸다. 귀지를 파내주는 귀지방이라는 업소인데, 건전한 업소라는 말도 아끼지 않았다. 창범은 귀지를 파내주는 데 왜 여자가 필요한지, 그리고 그런 방이 왜 필요한지 모르지만, 입주자 중 몇몇은 그녀가 일하는 귀지방에 다녀온 눈치다. 그녀는 출근할 때마다 짧은 치마를 입었다. 간혹 오피스텔 남자들이 그녀를 보곤 시선을 떼지 못했다. 창범도 가끔 그녀를 훔쳐보았다.

그녀는 다이어트 스틱과 캔 커피를 가져와 계산대 위에 올려놓는다. 그녀의 등장을 알아챈 호두가 젓가락질을 멈추고 계산대 쪽으로 황급히 다가온다. 창범은 모르는 체한다.

"미연씨, 내일모레 틀림없이 시간 되시는 거죠?"

그녀는 계산한 후 호두에게 눈길을 준다. 호두가 미연에게 바짝 다가선다.

"뭘요?"

"전에 말한 거 있잖아요."

미연이 고개를 갸웃거린다. 호두는 내 눈치를 살핀다. 창범은 둘의 대화가 안 들리는 척하면서 담배를 정리한다. 요즘은 전자담배가 대세라 필터담배들과 위치를 바꾸는 중이다.

"도움이 좀 필요하다고 말씀드렸잖아요."

"아, 그거!"

"맞습니다. 그거!"

"그걸 벌써 이야기해요?"

"그게 실은 잊으실까 봐."

"나도 그건 알고 있어요."

창범은 두 사람의 대화를 알아들을 수가 없다. 요즘 젊은 것들이 나누는 대화에는 뭔가가 빠져 있거나 생략되어 있다. 그래서 궁금하다. 70년 살다 보면 세상에 대해 딱히 궁금한 게 없다. 그만큼 사는 게 심심하다는 말이다. 누가 불러주기라도 하면 득달같이 달려 나가고 싶은 마음뿐이다. 빌라촌 영감들은 오늘도 광화문에 나갔다 한다. 노래도 하고 어울려 술도 마실 수 있다는데 모두 무료라 했다. 광장에 밥차가 와서 점심이고 저녁도 거저먹는다는데. 그보단 또래들이 무슨 재미로 사는지 궁금해 한 번쯤 나가보고 싶은데 시간이 없다. 창범은 계산대에서 나와 흐트러진 컵라면을 정리한다.

"아침 일도 잘 기억을 못 하는데……. 모레 아침에 말해주세요."

미연은 데면데면하게 군다. 호두는 그녀가 미덥지 않은 눈치다.

"아침에요?"

"난 뭐든 오래 기억 못 해요. 내일 아침이면 다 잊어버릴

게 분명해요. 그게 나의 장점이긴 하지만."

미연이 말끝에 웃음을 단다.

"그날 분명히 쉬시는 거죠? 그럼, 아침 늦게 전화 드릴게요."

"제가 전화번호도 가르쳐드렸어요?"

미연의 목소리가 한껏 높아진다. 생각난다. 며칠 전 가게 앞 플라스틱 의자에 앉아 두 사람이 정답게 이야기하던 모습. 그날 미연은 잔뜩 술에 취해 있었다. 술김에 무슨 약속이든 못했을까. 창범은 미연의 곁에 서서 전전긍긍하는 호두를 쳐다보며 입맛을 사신다.

창범은 호두 말고도 설마리 오피스텔 남자들이 미연을 마음에 두고 있다는 걸 안다. 그나마 호두가 용기 있는 축에 속한 것이다. 건물의 층각 중 미연에게 흑심을 품지 않은 남자가 없다. 흑심은 흑심일 뿐. 애인 삼자거나 결혼하자는 뜻은 아니었다. 그냥 흑심이다. 한번 자봤으면 하는 정도의 돌심보다. 이런 상황을 미연도 잘 아는 눈치다. 그리고 미연은 그게 자신의 가치를 높이 매겨준다는 것도 알고 있다. 매번 매몰차게 남자들 청을 거절하는 듯한데 또 어느 순간 보면 살짝 미소를 흘리는 폼이 그렇다. 미연이 호두에게 눈을 흘긴다.

"모레 점심 때쯤 전화 줘요. 약속은 약속이니까."

미연은 쏘아붙이듯 말한 후 가게를 나간다. 호두는 얼굴을 붉힌다. 그는 미연의 뒷모습을 한동안 바라보다가 부리나케 가게를 빠져나간다. 호두는 나중에 준다며 물병 하나를 들고 나왔는데 계산을 하지 않고 사라진다. 물쯤이야……. 아내 모르게 처리할 수 있다. 창범은 장부를 꺼내다 접는다. 주면 받고 안 주면 못 받는다. 대형 프렌차이즈 체인점도 아니니 주인 맘이다. 무엇보다 요즘 부쩍 만사가 귀찮아진 탓도 있다. 그는 장부를 서랍 안에 넣고는 탁 닫아버린다.

그래, 좋은 게 좋은 거지.

창범은 힐끔 간이 테이블 쪽을 쳐다본다. 호두가 벌려놓은 밥상이 그대로 펼쳐져 있다. 다시 돌아올 모양새가 아니다. 창범은 행주를 들고 간이 테이블 쪽으로 걸어간다. 그래도 김밥은 다 먹어치웠다. 창범은 새삼 호두가 먹성이 좋다는 걸 깨닫는다. 그런 먹성을 뭐로 채울까. 호두는 종일 오피스텔에 처박혀 있다. 출판된 책 좀 보자고 떠보면 그는 언제나 대박 날 때까지 기다리라며 꽁지를 내린다. 외상값도 대박 나면 갚는다고 호언장담이다. 그놈의 대박……. 창범은 지긋지긋하다.

창범이 간이 테이블에 행주질을 하는 사이 혜정이 들어온다. 혜징은 고등학생이다. 혜정은 생리대를 들고 오다 눈살을 찌푸린다. 창범은 분위기가 어색해지는 걸 잘 못 참는 성격이다.

"오늘은 일찍 들어오네. 아빠 소식은 있어?"

혜정은 눈을 부릅뜬다. 창범은 아차 싶다. 혜정의 아빠인 길수는 출장 중이다. 길수의 부인인 정희의 말이다. 하지만 오피스텔에 사는 사람들은 길수가 또 집을 나간 것이라는 사실을 다 안다. 정희보다 다섯 살이 어린 길수는 걸핏하면 집을 나갔다. 또 다른 여자가 생겼을 것이다. 철물점 장호가 영등포 타임스퀘어에서 혜정이만큼 어려 보이는 여자와 팔짱을 끼고 가는 그를 목격했다고 은밀하게 전해줬다.

혜정은 말없이 돈을 내민다. 창범이 잔돈을 꺼내는 사이 혜정은 휑하니 슈퍼를 나간다. 창범은 잔돈을 들고 슈퍼 밖으로 나간다. 혜정은 이미 오피스텔 출입구 안쪽으로 사라졌다. 창범은 허공으로 들어 올렸던 손을 내려놓고 플라스틱 의자에 털썩 주저앉는다. 요즘 들어 만사가 귀찮더니 무릎도 말썽이다. 창범의 부인인 말자도 허리 때문에 병원을 다니고 있다. 하루 19시간씩 10년 넘게 장사를 하다 보니 그럴 만도 하다. 창범과 말자는 1년 365일을 하루도 쉬지 않고 교대로 가게를 봤다. 그래도 사정이 나아지지 않았다. 5년 전에 구멍 가게를 편의점과 비슷하게 바꿔보았지만 인테리어 비용도 아직 못 뽑았다. 그런데 올해 말 설마리 오피스텔이 철거될지도 모른다고 한다. 관리실 재준이 귀띔해준 이야기다. 하지만 철거니 재건축이니 하는 말은 오피스텔이 지은 지 20년 넘은 뒤로부터는 해마다 나왔다. 그러니 재건축이니 철거니 하는 말은 20년 동안 나온 셈이다. 설마리 오피스텔 사람들은 이제 그런 말엔 시큰둥하다.

참 긴 세월이지. 사람의 일이라는 게 참 뭐든 쉽게 되는 게 아닌 모양이야. 이젠 땅 아래쪽에 묻힌 몸은 시큰하지도 않아. 많은 게 그냥 무뎌지는 거야. 이안 안 그런가? 이제 인간들 어찌 사나 훔쳐보는 것도 지긋지긋하고 그래. 물론 몇몇은 아직도 궁금하긴 해. 그 인호라는 청년은 도무지 모르겠어. 파키스탄에서 건너와 사는 청년들도 뭔 말을 하는지 모르겠고. 뭐 고달프다는 말이겠지. 이안, 요즘 나타나지 않는 이유가 뭔가? 늙은이처럼 그러지 말게. 자넨 언제나 팔팔했잖아.

창범은 누군가 속닥거리는 것만 같아 주변을 둘러본다. 그저 귓속이 가려운 줄로만 생각했는데 늙으니 이명 같은 환청도 들리는 모양이다. 그는 의자에 털썩 주저앉아 개천 건너에 시선을 준다. 이곳은 창범의 고향이다. 창범이 어렸을 때는 개울도 흘렀고 봄이면 지천에 쑥이며 달래도 널려 있었다. 하지만 고시를 공부하다 10년 만에 포기하고 김치공장 영업사원으로 들어가 10년쯤 전 퇴직하고 고향으로 돌아와 보니 그가 태어나고 자란 자리에 학교 운동장 크기의 오피스텔이 눌러앉아 있었고, 개울은 복개되어 사라졌다. 그가 살던 시절에 이곳은 시골이었다. 제법 폭넓은 개울이 흘렀고 오동나무 빽빽한 야산에서 직박구리가 울기도 했다.지금은 개울이고 산이고 모두 사라져버렸고 30층짜리 고층 아파트 수십 동이 거대한 말뚝처럼 박혀 있다. 마땅히 할 일이 없어 설마리 오피스텔에 세 들었던 그 시절엔 오피스텔 사람들과 새로 들어선 아파트 사람들 덕에 장사가 잘될 거라고 믿었다. 하지만 그건 창범의 오산이었다. 대형 할인점이 덩달아 들어왔고 전동차 역사 출구마다 편의점이 하나씩 들어서면서 슈퍼 매출은 뚝 떨어졌다. 슈퍼 인테리어도 바꾸고 물건도 다양하게 갖췄지만 창범의 슈퍼는 대형 할인점이나 24시간 영업하는 편의점의 상대가 되질 못했다.

학생들 셋이 슈퍼로 들어간다. 창범은 잔돈을 주머니에 넣고 그들을 따라 간다. 학생들은 삼각김밥과 컵라면을 산다. 학생들이 나간 후 이삿짐을 나르는 인호가 들어온다. 그는 소주 한 병과 새우깡을 산다. 계산대로 다가온 그에게선 땀 냄새가 물씬 풍긴다. 쌍꺼풀이 없고, 가는 눈매와 얇은 입술이 지적인 분위기를 풍긴다. 이삿짐이나 나르러 다닐 관상은 아니다. 말도 별로 없다. 그래서 창범은 늘 그가 안쓰러웠다.

"저녁은?"

"이렇게 때우면 되죠, 뭘."

인호는 바짝 마른 얼굴이다. 그래도 그는 늘 빙글빙글 웃는다. 창범은 인호의 오른손 손아귀를 감싸고 있는 밴드를 본다. 며칠 전까진 붕대를 감고 있었다.

"손은 괜찮아?"

그는 며칠 전 빈 병을 날라주다가 손을 베었다. 창범은 깜짝 놀란 반면 인호는 벤 손에서 흐르는 피를 보며 히죽히죽 웃었다. 그때 인호의 눈이 번득였다. 섬뜩했지만 고통을 잘 참는 성격이려니 생각했다.

"아무렇지도 않습니다."

인호는 돈을 내밀며 히죽 미소를 짓는다. 창범은 남 탓하지 않는 그의 성격이 기특하다. 그가 나간 뒤 전동차 역사를 청소하는 명희가 들어와 미역을 사 갔고 택시를 운전하는 종구가 들어와 면도기와 빨랫비누를 사 갔다. 오피스텔 지하에 사는 상훈이 빗자루와 휴대용 쓰레기통을 들고 나타났다. 그는 설마리 오피스텔 청소부다. 늘 말이 없고 무표정한 남자다. 얼굴이 창백한 탓에 나이가 짐작이 가질 않는다. 30대 중반쯤인 것 같다. 창범은 지하실에 혼자 사는 그가 늘 맘에 걸렸다. 슈퍼의 물건들을 지하창고에 저장하느라 가끔 지하엘 내려가는데 그때마다 어두침침한 조명 아래에서 책을 읽는 상훈을 만나곤 했다. 상훈이 슈퍼로 들어와 오이와 우유를 사 간다.

"낮엔 밖에 나와서 햇빛도 좀 보고 그래. 아니면 가끔 옥상에 올라가서 해도 보고 그래."

"옥상엔 안 올라가요."

"왜?"

"그냥요. 옥상에 올라가면 무섭더라고요."

"뭐가 무서워."

창범은 상훈을 빤히 쳐다본다. 상훈은 희미하게 웃는다. 돈을 내미는 그의 손가락은 길고 하얗다. 딱히 청소하는 사람이라고 정해진 얼굴이 있는 건 아니지만 창범이 보기에 상훈은 청소부와는 어울리지 않는 사람이다. 그래도 청소부다. 하긴 설마리 오피스텔에 사는 치들 중에 자신들이 하는 일에 어울리는 사람들이 몇이나 될까? 당장 창범만 봐도 그랬다. 그 역시 겉보기엔 슈퍼 주인처럼 보이지 않았다. 퇴직한 게 10년 저쪽의 일이다.

"내 언제 지하에 함 내려감세. 사람이 사람 만나 가끔 말도 섞고 그래야지. 안 그런가?"

"아? 네. 그래야죠."

"발전소 다닐 땐 정말 신났는데."

창범이 신세타령이 터져 나오려 하자 상훈이 얼른 물건을 챙긴 후 돌아선다.

"언제 지하서 소주 한잔 하자고."

상훈이 눈인사를 한 후 슈퍼에서 나가자 말자가 저녁을 내온다. 손님을 맞느라 국과 밥은 다 식었다. 그래도 창범은 밥을 입에 꾸역꾸역 밀어 넣는다. 그동안에도 아이들 몇이 내려와 사탕과 껌을 사 갔다.

"제발 좀 아침마다 막 퍼주지 말아요."

말자가 투덜거린다.

"그까짓 어묵하고 빵쪼가리를 퍼주면 얼마나 퍼준다고 그래."

새벽 시간 슈퍼 앞에다 전날 팔지 못한 어묵과 도넛을 내놨다. 말자의 아이디어였다. 물에 불은 어묵이나 하루 지난 도넛은 폐기하도록 해야 할 대상이었다. 그걸 오피스텔 사람들 요깃거리로 내놓은 것이다. 반응은 좋았다. 오피스텔 사람들은 어른이건 아이건 거의 아침 식사를 거른 채 집을 나섰다. 슈퍼 앞에 잠깐 서서 어묵 하나에 따끈한 국물 한 그릇이면 속이 든든했다. 덤으로 도넛 하나 먹으면 아침 식사 대용으로 훌륭했다. 시간도 5분 남짓이면 족했다. 그런데 창범은 매번 입주자들에게 인심을 썼다. 어묵을 사면 도넛을 그냥 주고 도넛을 사면 어묵을 그냥 줬다. 돈이 없다고 하면 돈도 받지 않았다. 아침이 지나면 어차피 버릴 음식이었다.

"땅 파서 장사하는 것도 아닌데……."

"남으면 뭐 할 건데?"

"아, 하다못해 나라도 먹죠. 막 퍼주니까 거저먹는 건 줄 알잖아요."

"돈 받을 사람한테는 다 받아!"

창범은 말자에게 버럭 소리를 지른다.

"돈 받기는 무슨……. 시도 때도 없이 상훈이 총각한테 막 퍼주면서. 그놈 불쌍한 거야 다 제 팔자니까 모른 척 좀 하세요."

말자의 말에 창범은 수저를 탁 내려놓고 돌아앉는다.

"그리고 그 외국에서 온 놈들……"

"파키스탄 청년들?"

"그래요. 그놈들한테도 작작 좀 퍼줘요. 다들 지들 돈 벌겠다고 온 놈들이라고요. 파키스탄에서는 잘 사는 놈들이래요."

"누가 그래?"

"아, 다들 그래요."

"그래도 먼 타국에서 온 젊은이들인데……"

말자는 믿지 못할 이야기들을 어디에서 잘도 주워온다. 말이 길어지면 언성이 높아지니 창범은 입을 닫는다. 마침 소희가 들어온다. 창범이 좋아하는 여자다. 그녀는 인근 휴대폰 조립공장을 다닌다. 인사 잘하고 늘 얼굴이 밝다. 통통한 게 얼굴도 예쁘고 살집도 푸짐한 게 보기 좋다. 창범은 옛날에 마누라가 그랬지, 라고 생각한다. 말자는 입을 비죽거린다.

자네 물 한 방울이 바위를 뚫는다는 말 이해하는가. 자넨 모르겠지만 난 실감하네. 처음엔 전동차가 오가며 전달하는 그 미세한 떨림에 내 뿌리가 영향을 받을 거라곤 생각하지 않았거든. 지하철 개통될 무렵 내가 들어섰으니 햇수로 거의 40년 세월이 넘었는데 그 세월 동안 하루에도 수십 차례씩 그 떨림이 깊은 쇠에 닿고 땅속에 숨은 벽들에까지 닿더군. 지금이야 무덤덤해졌지만 적어도 칭범이란 남자가 가게를 하기 전까지는 정말 미칠 것만 같았네. 수십 년 동안 지속적으로 어떤 영향을 받거나 소리를 듣는다고 가정해보게. 그야말로 돌아버리니까. 게다가 밤마다 누군가 땅을 파 들어오는데……. 내가 말 안 했던가? 전에도 한차례 말했을걸세. 그런데 자네가 별일 아니라고 웃어넘기지 않았는가. 자넨 인간이니 땅속에서 이루어지는 것들에 대해 무감하겠지. 인간들이란 눈에 보이는 것만 믿는 존재들이니까. 오늘에서야 분명하게 말해주지. 올여름부터인가 누군가 몸 아래 땅을 파 들어왔네. 어디서 파 온 건지 모르겠지만 말이네. 어디로 갈지도 모르네. 그러니까 지하 통로 하나가 내 몸 아래 생겼다는 말이네. 두더지라고? 그럼 다행이게. 두더지가 아니라 사람이 분명하네. 한 사람이 반듯하게 서서 돌아다닐 수 있을 정도니까. 그 인간 목적을 내가 어떻게 알겠는가. 인간이란 게 목적없이도 뭔가를 잘하는 존재들 아닌가. 그나마 요즘엔 내 아랫부분은 모두 파냈는지 더 이상 소음이 들리진 않네. 하수관이나 상수관 공사를 하는 것일지도 모르지. 그럴 리 없다고? 하긴 건너 아파트 들어오기 전에 다 끝났겠지. 그리고 땅속에 길을 만들면서 자네한테 안 알렸다는 건 이상한 일이지. 하다못해 공사 중이라는 간판이라도 내걸어야 했는데. 아무튼 요즘은 조용하네. 별일이 생기면 알려줌세. 참 자네 소희라는 아가씨 아는가. 참하게 생겼던데, 어쩐 일인지 요즘 달떠서 돌아다니는 것 같네. 연애를 하는 모양인데 영 모양새가 아니네. 내 살아오면서 여기서 연애해서 제대로 인연을 맺은 인간을 본 적이 없는데. 하물며 짝사랑이면 더 무슨 말이 더 필요하겠는가. 노파심에 말하는 거네. 혹 볼 날이 있거든. 매사 조심하라고 일러주게. 살아보니 사랑이라는 거 조심하지 않으면 한 방에 사람을 훅 가버리게 만들더군.

2

소희는 롤빵과 던힐 한 갑 그리고 500mL짜리 우유가 담긴 봉투를 203호 문고리에 조심스럽게 걸어놓는다. 203호엔 대학을 졸업하고 학원 강사로 일하는 동민이 살고 있다. 소희가 첫눈에 반한 남자다. 아직 결정적으로 사귄다고 말할 순 없지만, 소희는 자신이 그의 애인이라고 생각한다. 소희가 사다 나르는 것들을 동민은 조용히 받아먹었다. 소희는 그게 증거라고 믿는다. 언젠가 슈퍼에서 동민을 만났을 때 창범이 그를 소개해준 일이 있다. 동민이 소희의 바로 옆방으로 이사를 온 게 벌써 두 달째다. 동민은 늘 사색에 빠진 듯 무표정한 얼굴로 지나다녔다. 고뇌에 찬 그의 얼굴이 소희에게는 너무도 매력적이었다. 수염을 깎아 파란 턱과 짙은 눈썹에도 매료

되었다.

어느 날 슈퍼에서 동민을 만났을 때 소희는 그가 사는 걸 유심히 지켜본 적이 있었다. 그는 롤빵과 던힐과 우유를 샀다. 그걸 본 후 소희는 거의 매일 저녁 그걸 사선 그의 방 문고리에 걸어놨다.

소희가 문을 열고 들어서자 남주가 냅다 베개를 던진다.

"미친년! 그놈이 널 알아주기나 할 거 같아?"

소희는 대꾸하지 않는다. 남주는 공장에서 만난 친구다. 그녀는 지금 놀고 있다. 공장에서 만난 가짜 대학생과 사랑하다가 헤어진 후 공장까지 그만뒀다. 남주가 만난 대학생의 전력은 화려했다. 그런데 학생운동과 노동운동을 했다던 그 고릿적 이야기는 모두 거짓말이었다. 아직도 그런 구라를 치고 다니는 남자가 있다는 게 신기했다. 세상을 구하고 싶다던 그의 신념도 거짓이었다. 여자 하나 못 구하는 인간이 어찌 세상을 구할 수 있을까. 공장 근로자들 사이에 떠도는 소문 때문에 관리자들이 그를 은밀하게 조사했다. 그는 고등학교 중퇴 학력이 다였다. 도서관 청소부로 일한 적도 있었고 고시원 총무를 지내기도 했던 그였다. 거기서 그는 자신을 영웅으로 만들었다. 그런 사실이 발각될 즈음 남주는 그를 섬기고 있었다. 주위 사람들의 충고는 그야말로 소귀에 경 읽기였다. 그는 단물 쓴물 다 빨아 먹은 후 남주를 찼다. 남주와 헤어진 가짜 대학생은 전화번호를 바꿔버렸다. 그래도 남주는 그가 수배를 피해 도망을 다니는 중이라며 미련을 버리지 못하고 있다. 80년대도 아니고 가짜 대학생이라니. 심지어 그는 90년생인데. 어쩌면 그런 행세하는 인간이 드문 세상이라 더 믿었는지도 몰랐다. 남들이 잘 하지 않는 일을 하니 낯설고 신선해 보였는지도 몰랐다.

"그래도 난 너처럼 짝퉁을 만나고 다니진 않아."

소희가 대꾸한다. 그러자 이번엔 향수병이 날아온다. 향수병은 벽에 부딪혀 박살이 난다. 그건 소희가 애지중지하는 명품 향수다. 한 병에 30만원도 넘는다. 소희는 주저앉아 방바닥에 흐른 향수를 찍어 바르며 남주에게 욕을 퍼붓는다. 사향 냄새가 욕들 사이를 떠돈다.

"병신 같은 년, 가짜나 만나고 다니더니. 우리 이제 그만 같이 살자."

소희가 선언하듯 말한다. 그녀의 손엔 깨진 향수병이 들려 있다. 헤어짐의 대가치고는 너무 비쌌다.

"지금 나가면 당장 보증금 빼줄 거야? 나도 니 꼴 보고 싶지 않아서 빨리 나가고 싶어."

남주는 점퍼를 챙겨 들고 나간다.

"어디 가?"

"무슨 상관이야. 짝퉁 만나러 간다."

소희는 다시 주저앉는다. 그녀는 방바닥을 적신 향수를 깨진 병 속에 쓸어 담는다. 안타깝게도 액체는 기체가 되어 훌훌 사라진다.

다리가 저리군. 지난밤엔 쥐가 난 것 같았네. 웃기는가. 자넨 나이 먹을 만치 먹은 인간이 어찌 사물을 무정물로만 보는가. 세상에 무정물이란 없네. 세상의 모든 물질이 유정물이란 말이네. 그 경중의 차이는 있겠지만. 더군다나 난 수만 명의 눈물과 웃음과 고통과 기쁨 같은 것들을 고스란히 느낀 존재네. 아주 가까이 있는 인간조차 알지 못하는 비밀스러운 사건들까지도 난 알고 있다네. 자네보다 내가 더 인간 같지 않은가? 다시 다리가 저리는군. 똑같은 자세로 40년을 서 있어보게나. 전신에 쥐가 나네. 자네가 옥탑방에 살 때가 생각나는군. 매일 밤 종아리에 쥐가 나서 끙끙댔지. 하루 서너 시간만 잤으니 그럴 수밖에. 그래서 건물주가 되기도 했겠지만 그렇게 지독하게 살 거까지는 없었지. 참, 그 시절 같이 보냈던 여잔 지금 뭐 하고 있는가? 세월이 많이 흘렀으니 죽었을지도 모르겠네. 자네가 여기서 이사한 뒤론 그녀에 대해 한 마디도 들려준 적이 없었잖은가. 딱히 들려줄 의무가 있는 건 아니지만 자네마저 나한테 냉정할 이유는 없잖아. 내가 여기 오래 산 인간들을 지긋지긋하게 생각하듯 그녀도 지긋지긋했겠군. 남녀 간의 일이라는 게 본래 그렇게 쉽게 변질되는 거겠지. 내가 그런 걸 모를 거라고 짐작하진 말게. 여기 머물다가 떠난 연인들이 수백 쌍이었으니까. 이젠 뿌리 구석에 집을 짓고 살던 개미들도 어디론가 탈출을 했네. 동물들은 본능적으로 몰락을 안다고 하던데. 나야 원하는 바이지만 막상 몸이 부서지고 있다고 생각하니 좀 기분이 이상하더군. 땅속에 목적을 알 수 없는 터널을 판 인간들 때문에 밑이 더 축축해진 것도 영향이 있을 걸세. 이안 요즘 몸은 좀 어떤가?

3

남주는 점퍼를 깃까지 올려 채운 후 개천을 따라 달린 길을 걷는다. 소희에게 처음부터 퍼부을 마음은 없었다. 마음은 그렇지 않은데 말이 그렇게 나오고 만 것이다. 그녀는 하염없이 개천을 따라 걷는다. 해가 지고 있다. 남주는 도망가는 해를 따라 걷고 또 걷는다. 그와 걸을 땐 얼마나 행복했던가. 가진 게 없어도 행복했다. 거머리 같은 놈이란 걸 알게 되었지만, 남주는 여전히 그가 그립다.

남주는 어느새 개천이 복개된 곳에 이른다. 개천이 사라지고 포장마차가 나타난다. 남주는 문득 포장마차나 할까, 생각해본다. 그녀는 망설이다가 세 번째 포장마차 앞에 이르러서야 천을 들치고 안으로 들어간다. 그녀가 첫 손님이다. 그녀는 포장마차 안을 살핀다. 별 특별한 손기술이 필요한 안주는 보이지 않는다. 고향에선 손맛 좋다고 동네 아줌마들에게 칭찬 꽤 들었던 남주다. 혼자선 겁이 좀 나지만 소희랑 둘이라면 해볼 만하다는 생각이 든다. 단순한 작업, 이젠 지긋지긋하다. 월급도 형편없다. 비전이 없다는 걸 소희도 안다. 쌔고 쌘 게 여대생이다. 게다가 요즘 젊은 여자들은 공장에 다니지 않는다. 그래서 공순이 아줌마들에게 기특하다는 소릴 듣긴 하지만 그게 남주를 살아가게 만드는 힘은 아니었다. 어항 벽에 달라붙은 주꾸미들이 다리를 활짝 펼치고 있다. 남자 같은 거 만나지 않고 돈 좀 많이 벌고 단순하게 살고 싶다. 그동안 모아놓은 돈이면 포장마차를 장만할 수 있을 것도 같다. 고향에 내려갈 땐 그래도 아파트 한 채 살 정도는 벌어서 내려가야 하지 않을까.

남주는 소주와 주꾸미를 시킨다. 술이 들어가자 도망간 그가 다시 생각난다. 그를 만나 술도 배우고 사랑도 배웠다. 그는 술은 혁명의 자양분이라고 말했다. 혁명을 할 건 아니지만 그를 사로잡기 위해 남주는 열심히 술을 마셨다. 술 잘 마시고, 얼굴이 흰 남주를 그는 좋아했다. 그런데 사기꾼이라니. 이제 남들은 고리타분하고 진부해서 가짜 대학생 같은 건 하지 않았다. 소희는 그런 고전적인 사기 방식에 넘어갔다고 잔

소리를 해댔지만, 그가 대학생이라서 좋아했던 건 아니다. 누군가를 닮아서도 아니었다. 대학생이라는 건 믿지 않았다. 그는 공순이인 자신도 아는 사물인터넷 같은 말조차 몰랐으니까. 기계 돌리는 틈틈이 읽어서 전체 이야기를 까먹었지만 마르께스라는 남자가 쓴『백 년 동안의 고독』이 술 이름인 줄 아는 인간이었으니까. 그냥 이유 없이 좋았다. 가짜라도 좋았다. 책 이름 모르고 상식이 좀 없다고 해도 상관없었다. 그가 뭘하든지. 남주에게 남자란 이유가 없는 존재였다. 남극이 있으니 북극이 있어야 하는 것과도 같은 것. 플러스가 있으니 마이너스가 있어야 하고, 빵 속에 붕어는 없지만 앙꼬는 있어야 하는 것과 같은 것.

남주는 두 잔째 연거푸 잔을 비운다. 남주의 휴대폰에 문자가 들어온다.

'얼른 들어와서 밥 먹어. 너 좋아하는 고등어 김치찜 해놨어.'

소희다. 남주는 가슴이 아리다. 시골에서 올라와 만난 첫 번째 남자와의 사랑에 실패하고 나니 세상의 모든 일이 무의미하게 여겨졌다. 빨리 다른 직장을 잡든 포장마차를 하든 양단간에 결정을 내야만 한다.

남주가 소주를 반병쯤 비웠을 때, 포장마차 옆구리가 벌어지며 남자가 들어온다. 그는 종구다. 종구는 남주를 힐끔 쳐다본 후 한 팔쯤 떨어진 거리에 앉는다. 남주는 종구를 안다. 종구가 모는 택시를 탄 적도 있다.

"요즘은 출근 안 하시는 모양입니다."

종구는 지나가는 말투로 말한다. 남주는 대꾸하지 않고 술잔만 기울인다. 그녀는 종구를 슬쩍 바라본다. 영업용 택시를 모는 남자. 술기운 때문인지 아니면 쓸쓸한 기분 때문인지 남주는 그가 측은하다.

"며칠째 사납금을 못 채우니 죽겠습니다. 경기 다 죽었어요. 그래도 남주씨가 타는 날엔 제법 손님이 많았는데. 요즘은 통 못 보겠습니다."

남주는 괜히 미안하다. 그에게 소주잔을 내민다. 종구는 말없이 받는다.

"요즘 쉬고 있는데 얼마 안 있으면 다시 일 나갈 거예요. 그땐 탈 수 있겠죠."

"우리 건물 철거될지도 모른다는데 그땐 다른 데로 이사 가실 거 아닙니까?"

남주는 문득 이 남자가 자신을 좋아하고 있는 게 아닌가 하고 생각한다. 거짓말이나 해대는 첫사랑보단 낫다. 우직하게 생겼고 성실해 보이긴 하지만……. 종구에게선 필이 안 온다. 그래도 지금은 남자가 그립다. 남주는 택시를 타는 손님들에 관해 묻는다.

"별의별 사람이 다 타죠. 한 번은 신나게 달리고 있는데 잔뜩 술 취한 여자 손님이 의자에 올라앉아서 엉덩이를 까고 오줌을 누지 뭡니까? 뭐 하시냐고 물었더니. 휴지가 없다고 휴지나 달랍니다. 기가 막혀서."

남주는 그 모습이 상상되어 깔깔거린다. 오랜만에 남자와 이야기를 나누며 웃어본다. 빈속에 소주를 들이부은 터라 취기가 금방 오른다. 종구도 취한 듯하다.

남주와 종구는 친한 친구처럼 어깨동무하고 오피스텔로 돌아온다. 창범은 쇼윈도 밖으로 그런 두 사람을 살핀다. 두 사람은 슈퍼로 들어와 맥주와 오징어를 사 간다. 알다가도 모를 일이다. 두 사람이 그렇게 갑자기 친해진 게 단지 젊기 때문일까. 남주와 종구가 오피스텔로 올라간다. 창범은 담배 한 개비를 빼 들고나와 오피스텔로 비틀거리며 올라가는 두 사람을 지켜본다. 실은 두 사람이 오랫동안 사귀어왔던 건지도 모른다. 세상 돌아가는 진리 같은 건 깊이 공부하면 알 수 있지만, 남녀 사이의 정분나는 건 당사자 이외엔 알 수 없다는 게 창범의 철학이다.

창범은 한산한 거리를 둘러보며 오피스텔 이쪽에서 저쪽

끝까지 걷는다. 약 먹으면서 천천히 걸어보라는 게 의사의 처방이었다. 창범은 그래서 시간 날 때마다 오피스텔 앞을 늙은 호랑이처럼 걸었다.

미용실, 철물점, 셀프 세탁방, 편의점, 치킨집, 인형 뽑기방, 책 대여점, 중국음식점, 과일 가게, 아이들 옷집, 보세 옷집, 만둣집, 보일러 수리 센터, 테이크아웃 커피숍, 문구점, 호프집…….

가게 주인 중에는 오피스텔에 세 들어 사는 사람이 없다. 장사를 하려고 해도 밑천이 필요한데 오피스텔에 사는 사람들은 밑천 있는 인간이 없었다. 3층짜리 오피스텔은 이제 여기저기 균열이 갔고 벽면의 색도 바랬다. 걸핏하면 화장실이 막혔고, 겨울이면 수도 파이프가 터졌다. 벽 균열이 심한 곳은 여기저기 땜질을 해서 누더기가 되었다. 비가 오면 벽 쪽 가게나 오피스텔은 비가 샜다. 그래도 건물주인은 땜질만 해줄 뿐 수리를 하지 않는다. 균열을 땜질할 때마다 오피스텔이 머지않아 헐린다는 소문이 돌았다. 하지만 그 소문은 벌써 20년째다. 관리실 재준은 올해 틀림없이 재개발에 들어간다고 말했다. 그렇지 않으면 이안 영감을 찾는 전화가 뻔질나게 걸려 올 리 없다고 추측한다. 전화를 건 사람들은 주로 건축업자라고 덧붙였다. 아닌 게 아니라 오피스텔은 재건축해야 할 만큼 낡았다. 1층은 주로 상가였고 2층과 3층은 오피스텔이었다. 이름만 오피스텔일 뿐, 역 근처의 여인숙보다 나을 게 하나도 없다. 원룸도 있고 투룸도 있다. 하지만 나머지 구조는 비슷하다. 녹물을 쏟아내는 샤워실과 퀴퀴한 냄새를 뿜어 올리는 싱크대가 전부다. 간혹 벽 쪽 투룸엔 창고가 있기도 하다.

건물이 지저분하다 보니 건물 모서리엔 취객들이나 아이들이 갈긴 오줌으로 흥건했고 심지어 개들까지도 그곳에서 똥을 싸거나 오줌을 쌌다. 관리인인 재준은 제 얼굴이나 옷차림엔 신경을 써도 건물 외부 관리에는 전혀 관심을 두지 않았다. 어쩌다 상훈이 물을 뿌리고 청소를 했다. 그래도 다음 날이면 어김없이 지린내가 나고 똥냄새가 풍겼다. 동네 뒤에 있는 뒷박산에서 내려다보면 오피스텔은 피사의 사탑처럼 오른쪽으로 심하게 기울어지기까지 했다.

건물주는 수리라곤 모른다. 벽지를 갈아주는 일도 없었고 비가 샌다고 임대료를 깎아준 적도 없다. 하지만 오피스텔은 방이 빈 적이 거의 없다. 방이 비었다 싶기 무섭게 누군가가 이사를 왔다. 보증금은 물론 임대료도 무척 쌌기 때문이다. 전동차 역사도 가까웠다. 게다가 이름이 시골스러웠다. 이안의 비서인 재준에게 들은 이야기인데, 파주에 설마리라는 동네가 있고 그곳 지명을 오피스텔 이름으로 붙였다고 했다. 설마리 오피스텔. 알아먹지도 못할 외국 이름으로 오피스텔 이름을 정한 다른 건물들보다는 정감이 느껴지긴 하지만 어쩐지 촌스럽긴 하다. 하지만 창범이 설마리 오피스텔에 슈퍼를 낼 생각을 했을 때도 고향이라는 사실도 일정 정도 마음을 움직였지만 이름 때문에도 마음이 끌렸다. 인생의 종착역으로 이름 지을 만한 곳이라는 생각이 들었다. 지금처럼 고향이 도시 일부로 바뀌기 전에는 와리라는 이름의 동네였다. 아직은 늙은이들은 이곳을 와리라고 불렀다. 와리1리, 와리2리, 와리 아랫말, 와리 윗말. 와리 윗말은 이제 신도시 규모의 아파트촌이 들어서 있다. 예전엔 옥수수나 재배하던 야산이었는데. 그 인간은 토지 보상을 받아 강남에서 산다는 말을 들었다. 어쨌든 와리보단 설마리. 그냥 그럴듯했다. 이젠 와리라는 이름을 아는 사람들은 이사를 하였거나 대부분 죽었다. 몇몇이 와리라 부른다. 창범의 다른 가족들도 이젠 이곳에 살지 않았다.

창범이 두 바퀴째 돌 때 찰리가 슈퍼로 들어가는 모습이 보인다. 그는 오늘도 양복 케이스를 들고 있다.

"요즘 무슨 노래 불러?"

찰리는 날달걀하고 온장고에서 뜨거운 커피를 꺼내 계산

대 위에 올려놓았다. 그건 찰리가 밤무대에 나가기 전에 먹는 일종의 보양식이다. 뜨거운 캔 커피를 종이컵에다 쏟은 후 날달걀 하나를 탁 깨서 노른자만 흘려 넣는다. 옛날 다방식 모닝커피다. 목에도 좋고 허기에도 좋다. 찰리는 그렇게 믿는다.

"요즘은 팝송 불러요."

"그런 데선 트로트 불러야 제맛 아닌가?"

"아저씨도 참, 트로트 부르는 애들도 있어요. 요즘은 젊은 애들도 많이 부르긴 하는데 그래도 노래는 역시 팝송이죠."

그의 본명은 만득이다. 찰리란 이름은 밤무대 가수 생활을 시작하면서 개명한 그의 새 이름이다. 법이 바뀐 후 한자로 만들어지지 않는 이름도 개명이 허락되었다. 그래서 그는 새 이름을 호적에 올렸다. 허 찰리로.

허 찰리는 고향이 남해라고 했다. 군대표로 노래자랑에 나가 여러 차례 우승을 했다는 말도 해주었다. 그 경험이 그를 가수로 이끌었는데 딱히 개성은 없는 모양이었다. 남의 노래는 잘 따라 부르는 것 같긴 하지만. 어쩌면 찰리가 팝송만 부르는 건 한국노래를 잘 부를 자신이 없어서인지도 모른다.

"언젠가 곡 받으면……. 제 노래도 불러야죠."

찰리의 목소리에 힘이 없다. 창범은 찰리가 곡 받는다고 떠벌리던 말을 백번쯤 들은 거 같다.

사람이 개도 아니고. 허구한 날 내 옆구리에 왜 그리 오줌들을 싸대는지. 자네가 감시카메라 설치한다고 했을 때 적극 찬성을 해야 했는데. 사실 그게 필요하긴 하지만 사람을 감시한다는 게 꼭 좋은 것만은 아니라는 생각이 드네. 인간이라는 건 뭐든 한두 가지 감추고 있어야 살아갈 맛이 나고 그러는 거 아닌가? 그런데 죄 까발리면 무슨 힘으로 살겠는가. 물론 방범 목적이라곤 하지만 사실 자네도 알지만, 여기에 딱히 방범할 게 뭐가 있겠는가. 난 인간들에겐 숨을 수 있는 공간은 있어야 한다고 생각하네. 아마 인근에서 CCTV 없는 건물은 여기뿐일 걸세. 이제 다 부질없는 후회이긴 하지만 말이야. 기운도 그렇고 사람도 어두운 곳엔 지저분한 것들이 스미는 법이긴 한데. 여길 산 업자가 쇼핑몰을 짓는다고 하든가? 지하철 역사하고도 연계를 한다고 듣긴 들었지만 어쩐 일인지 마뜩하지 않네. 여긴 그냥 여러 사람 사는 자리로나 어울리지. 이쪽은 그런 기운들만 서려 있지. 개울 건너편이라면 또 모를까. 사실 누가 내 허리에 오줌을 좀 싸면 어떤가. 내 모양새가 아주 바뀌는 걸 두려워하는 게 아니라네. 그냥 여기 살 수밖에 없는 사람들, 오라는 데 없잖은가. 여기서 나가게 되믄 다들 어디로 갈지 궁금하네. 참, 업자가 이 아래 굴이 있다는 건 아는가? 물론 파봐야 하는 거니 있다거나 없다고 말하긴 좀 어려울 걸세. 하긴 뭐에 소용될 굴을 만드는지 모르겠지만 은밀한 건 사실이네. 일단 지하에서 그런 공사가 진행되고 있다는 걸 아는 사람이 자네 말고 없지 않은가. 뭔가 야료가 있거나 깊은 내막이 있겠지.

4

찰리가 퇴근해서 들어오는 시간은 대개 새벽 6시다. 그 시각이면 설마리 슈퍼도 문을 연다. 찰리는 슈퍼 안으로 뛰어든다. 역시 창범이 그를 맞이한다. 찰리는 즉석 전복죽과 미니 양주를 한 병 산다. 약간의 술기운이라도 있어야 잠을 잘 수 있다. 수진이 도망간 뒤론 하루도 술을 거른 적이 없다. 수진은 밴드 마스터와 도망갔다. 부산 어디에선가 봤다는 사람이 있었지만, 적극적으로 찾지 않았다. 찾으려 들면 어렵지 않다. 전국을 돌아봐야 밴드 있는 술집은 빤했다. 몇 군데만 뒤지면 마스터도, 노래 부르지 못하면 잠 못 드는 수진도 금방 찾을 수 있다. 맘껏 노래하고 싶어 도망간 것이니 전국을 뒤지면 금방 만날 수 있을 터였다. 게다가 수진이 도망간 게 이

번이 처음이 아니다. 연애 놀음에 싫증이 나면 돌아올 여자라는 걸 안다. 처음엔 그녀를 미친 듯 찾아다니곤 했다. 그러다 보면 일자리 잃고 돈 버리고 몸도 상했다. 그녀가 네 번째 가출했을 때부터 찾지 않았다. 길어야 석 달쯤 후엔 나타났기 때문이다. 그런데 이번 가출은 길다. 벌써 넉 달이 넘어가고 있는데 그녀에게선 감감무소식이다.

창범이 데운 전복죽을 내민다. 찰리는 간이 테이블 쪽으로 자리를 옮긴다. 전복죽 뚜껑을 딴다. 그걸 안주 삼아 미니 양주를 홀짝인다. 어쩌면 수진이 다시 돌아오지 않을지도 모른다는 두려움이 생긴다. 창범이 냉장고에서 제육볶음과 반쯤 남은 양주병을 들고 찰리 곁으로 다가선다. 창범은 제 잔에 양주를 따른다. 아침 식전에 이렇게 한잔 마시면 힘이 난다. 밤새 죽어 있던 성기가 불끈거릴 정도다.

“결이는 잘 크고 있대?”

창범이 묻는다. 허결은 찰리의 딸이다. 수진이 딸을 낳아 놓고 순결이라 이름을 붙였다. 허순결, 찰리는 그 이름이 촌스러워서 가운데 자를 빼고 허결이라 호적에 올렸다. 시골 어머니 집에 가 있다. 찰리는 남은 양주를 탁 털어 넣은 후 돼지고기를 집어 먹는다.

“잘 있겠죠. 아무 소식 없는 걸 보면.”

"가끔 찾아가봐. 사람이란 건 자주 봐야 정 드는 법이야."

창범은 고리타분한 말인 줄 알면서도 그 말밖에 할 말이 없다고 생각한다. 찰리는 아들 생각을 한다. 어느 땐 자신에게 딸이 있다는 걸 잊곤 한다. 수진이도 대한이 이야기를 꺼낸 적이 별로 없다. 올해 몇 살이지? 그것도 모르겠다.

"클럽에서 뭐 안 좋은 일 있었어?"

"아뇨. 그냥 가을도 오고 그러니까 쓸쓸하네요."

찰리는 남은 전복죽을 깨끗하게 비운다.

찰리는 의상을 챙겨 들고 가게를 나간다. 그의 방은 2층에 있다. 혜정이네 앞집이다. 요즘 혜정의 엄마인 정희도 보이지 않는다. 혜정은 혼자다. 찰리가 현관문을 열고 있을 때 혜정이네 집도 문이 열린다. 혜정이다.

"안녕하세요."

혜정은 헐렁한 반소매 셔츠에 짧은 반바지 차림이다. 늘어진 라운드 때문에 혜정의 목이 훤히 보인다. 결이가 혜정이 나이쯤 되었으려나. 찰리는 혜정에게서 눈길을 떼지 못한다. 요즘 술집에서 백댄서로 춤을 추는 아이들 대부분이 10대 후반이다. 고등학교 졸업하고 딱히 할 일이 없어 춤추러 나왔다고들 했다. 10여 년 전만 해도 전문 댄서들이 부업으로 춤을 췄지만 요즘은 젊은 애들이 재미로 춤을 췄다. 그러다 보니

댄서가 수시로 바뀌었다. 음악이 마음에 들지 않아 나가고, 술집에 온 손님의 눈길이 밥맛이라고 나가고, 웨이터가 집적거린다고 나가고. 찰리는 여자들과는 가능한 눈을 마주치지 않으려고 애썼다. 그런데 혜정인 가끔 눈에 들어왔다. 바로 앞집에 사는 이유 때문만은 아니었다. 수진이를 닮은 것 같지도 않은데 눈이 갔다. 혜정에게서 결이가 보인 때문인지도 몰랐다. 한 달쯤 전에 통화해본 게 전부였다. 돈 보내라는 전화였는데 그날 지갑에 있던 돈을 탈탈 털어 모두 보냈다. 돈이나 필요해야 전화를 하겠지.

찰리는 천천히 시선을 돌린다. 혜정은 다시 문을 닫는다. 찰리는 집으로 들어간다. 왜 문을 열었을까? 설마 내 얼굴 보자고 문 연 건 아닐 텐데. 잠시 후 앞집에서 다시 조심스럽게 문이 열리는 소리가 들린다. 찰리는 현관문 감시 렌즈로 밖을 살핀다. 남자다! 남자는 서둘러 계단 쪽으로 걷는다. 학생 같지는 않다. 낯이 익다. 혜정이 얼굴만 내민 채 남자를 배웅한다. 찰리는 시계를 본다. 6시 30분이다.

이안, 자네는 배호 노래를 무척 좋아했지. 생각나는가? 관리실에서 복도 스피커에 배호 노래를 틀어놓도록 했잖은가. 나는 '나그네 설움'과 '황포돛대'라는 노래가 가장 좋았네. 전설적인 가수 아닌가. 다른 가수를 좋아하는 입주자가 민원을 넣기 전까진 잘 들었는데 말이야. 찰리라는 친구가 배호를 아는지 모르겠지만 안다면 아마 좋아하겠지. 요즘 노래는 알다가도 모르겠네. 너무 빨리 말해서 가사가 뭔지도 모르겠고. 들어도 흥도 안 나고 말이네. 늙었다는 말이겠지. 어쩌면 요즘 음악도 듣다 보면 나름의 매력을 느끼지 않겠는가. 가끔 혜정이란 아이가 혼자 노래를 부르기도 하던데. 역시 중얼거리는 노래라 난 못 알아듣겠더군. 자네 아직도 '고향초' 좋아하는가? 남쪽 나라 바다 멀리 어쩌구로 시작하는 노랫말이네. 자네가 복도를 점검하며 돌 때 거의 매일 중얼거려서 기억하고 있네. 그런 노래를 듣고 있노라면 나는 어디에서 왔는가 궁금해지곤 하네.

5

혜정은 거울 속에 담긴 제 몸을 뚫어지게 바라본다. 가슴도 크고 유두는 붉다. 거웃 털도 제법 된다. 군살도 없다. 남자들은 여자의 몸만 좋아하는 동물인 듯하다. 간혹 그렇지 않은 인간들도 있지만, 남자들은 거의 모두 혜정의 몸을 궁금해했다.

문득 아빠와 엄마 생각이 난다. 아빠는 소식 끊어진 지 반년이 다 되어가고 엄마는 아빠 찾아오겠다며 나가선 한 달째 감감무소식이다. 다 큰 딸을 방치한 채 걱정 없는 두 사람이 혜정인 더 걱정이다. 뚜렷한 직업도 없이 40년 넘게 살아온 두 사람의 삶이 기적처럼 보인다.

샤워를 끝내고 나온 혜정은 교복을 입는다. 교복이 단단하다. 치마를 약간 위로 올려 입어본다. 허벅지에서 오금까지 내려가는 선이 부드럽다. 혜정은 텅 빈 가방을 메고 집을 나선다. 배가 고프다. 밤새 재준의 청을 거절하지 못한 탓이다. 재준은 책 한 권을 통째로 들고 와 읽어달라 말했다. 많은 분량은 아니지만, 주문이 많았다. 천천히 읽어달라 요청했고 혜정은 그 청을 들어주었다. '하지 않는 편을 택하겠습니다.'라는 이상한 말투를 가진 남자의 이야기인데 다 읽고 나니 혜정은 그의 신세가 이해될 것도 같았다. 일면은 자신과 닮은 구석도 있다는 생각이 들기도 했다. 혜정은 사람들의 요청에 충실했다. 야하게 읽어달라면 숨을 거칠게 쉬었고 우울하게 읽어달라면 조금 굵은 목소리를 냈다. 주인공이 화가 나 있으면 화난 목소리로, 절망에 빠졌다면 절망에 빠진 듯 끊어지듯 읽어 내려갔다. 혜정은 읽는 데에 천부적인 재능을 타고났다고 생각했다. 엄마가 한때 아나운서를 꿈꾸었다는 허무맹랑한 말을 믿었을 정도였다. 남한테 책 읽어주는 게 돈이 될 거라곤 상상해본 적이 없었다. 편의점 앞 간이 테이블 앞에 앉아 혼자 흥얼거리던 걸 재준이 눈여겨보았고 부탁했다. 책 좀 읽어달라고. 운명 같은 일이라곤 생각하지 않는다. 혜정은 발랄하고 나긋나긋한 목소리로 뭔가를 읽는 게 좋았다. 뭔가를 읽고 나면 몸과 마음이 정화되는 듯한 기분이 들었다. 사소한 거짓말이나 생각 없이 저지른 교태 같은 것들도 씻기고, 아빠나 엄마에 대한 미움 같은 것들도 삭는 듯했다. 야릇한 눈빛을 보내는 남자들의 시선도 조금은 용서할 수 있는 마음 같은 것도 생겼다. 절망이나 외로움을 잊게 해주는 데에도 훌륭한 수단이었다. 누군가의 요청이 없으면 혜정은 혼자서라도 책을 중얼거리며 읽었다.

재준은 책 한 권 읽어주는 대가로 많은 돈을 지불했다. 혜정은 그만한 가치가 있다고 생각했다.

'네 목소리로 들으면 한 번만 들어도 문장이나 장면 같은 게 떠오른 후에 절대 잊어버리지 않아.'

특이한 재능이니 그만한 값을 받아야 하는 건 마땅했다. 하지만 그가 돈을 많이 주어서 고마운 것보다는 학교를 때려치우려던 자신을 붙잡아주었던 일이 고마웠다. 어차피 학교는 맞지 않았다. 혜정은 중학교를 졸업하고 2년이나 놀았다. 그때 친구들은 지금 모두 대학생이다. 창피했다. 그래도 고등학교는 졸업해야 사람 구실을 할 수 있다며 자퇴하려던 혜정을 만류한 사람은 재준이다. 인생 생각보다 길어. 최소한의 무기마저 갖추지 못하면 그 인생이 참혹해질 수도 있어. 지금은 필요 없다고 판단이 되겠지만 그렇지 않아. 네 목소리를 몇몇 인간들한테 들려주는 건 학교 안 나와도 되겠지만 네 목소리를 세상 사람들이 다 듣게 하려면 최소한의 교육은 받아줘야 해. 아니 졸업장이 필요해. 이왕이면 대학까지 졸업하면 좋겠지만. 대학에 가도 아무런 특색이 없으면 별 의미 없지만 말이야. 나처럼 되지 마. 이제야 이 빌어먹을 세상이 학력 없이는 아무것도 안 된다는 걸 늦게 깨닫지 말라는 거야. 혜정은 연설하듯 자신을 훈계한 재준이 마음에 들었다. 많은 세월을 산 건 아니지만 그토록 열정적으로 자신을 위해 훈계한 사람은 재준이 유일했다. 아빠나 엄마는 혜정이 어떻게 되든 상관없다는 눈치다. 자신들 앞가림도 못한다.

혜정은 설마리 슈퍼로 들어간다. 재준에게서 받은 돈을 확인해본다. 아껴 쓰면 한 달은 버틸 수 있겠다. 혜정인 즉석 새우볶음밥과 컵라면 하나를 산다. 그녀는 간이 테이블로 걸어간다. 웬만해서 아침을 먹지 않지만 오늘은 어쩔 수 없다. 재준은 포커판에서 돈을 땄다며 30만 원이나 내놓았다. 재준은 그 돈만큼 밤새 혜정의 시간을 빼앗았다. 이미 읽은 구절을 여러 목소리로 변주해 읽어달라기도 하고, 한번은 소파에 앉아 듣고 한번은 부엌에 서서, 침대에 누워서, 화장실에서 들었다. 그가 듣는 방법은 아무튼 독특했다. 장소가 달라지면 듣는 맛이 달라진다고 말했다. 창범이 혜정을 힐끔거린다. 혜정은 괜히 마음이 켕긴다. 이젠 남들 눈치 안 보고 살고 싶다. 그러려면 얼른 고등학교를 졸업해야 한다.

창법은 입이 근질거린다. 요즘 혜정의 엄마인 정희도 보이지 않는 듯하다. 하지만 물어볼 엄두가 나지 않는다. 무심코 내뱉은 질문이 상처가 될 수도 있다. 창법은 우유를 정리하면서 코를 벌름거린다. 어린 줄만 알았던 혜정에게서 부쩍 여자 냄새가 난다. 긴 머리카락, 교복이 주체하지 못하는 몸. 심장을 뛰게 만드는 야릇한 냄새. 내가 무슨 주책이야. 창범은 몸을 한번 추스른다.

창범이 우유를 정리하고 나자 말자가 내려온다.

"가서 아침 들어요. 그리고 오후엔 좀 일찍 내려와요."

"왜?"

"순희한테 가보려고요."

"왜 또?"

"정 서방도 출장 가서 없잖아요. 배 잔뜩 불러서 힘들다고 징징대는데 가서 뭐라도 해 먹여야죠."

자식은 덫이다. 창범의 생각은 그렇다. 창범에겐 딸이 둘이다. 딸 둘 시집보내고 나니 살던 아파트가 사라졌다. 창범 내외가 설마리 오피스텔로 거처를 옮긴 것도 실은 돈이 없어서다. 딸들은 결혼한 후에도 그나마 남은 돈을 야금야금 빼갔다. 사위들이 걸핏하면 실직했다. 그래도 처가에 올 때면 번

듣이는 차를 몰고 왔다.

창범은 말자 몰래 소주 한 병을 챙긴다. 술이라도 있어야 고민 없이 한숨 잘 수 있다. 창범이 오피스텔로 올라간 뒤 말자는 혜정을 힐끔거린다. 혜정이 밥을 다 먹은 후, 물 한 병을 들고 카운터로 온다.

"엄마는?"

말자는 스스럼없이 묻는다. 혜정이 말없이 지폐를 내민다.

"엄마 요즘 안 보이던데."

"나도 몰라요."

"엄마 보면 전해. 지난달 외상 값 얼른 갚으라고. 벌써 한 달이 지났어."

혜정이 물병을 탁 낚아챈다.

"엄마한테 직접 말하세요."

혜정이 찬바람을 일으키며 나간다. 어린것이 싸가지라곤 없다. 말자는 고개를 젓는다.

혜정이 전동차 역사 쪽으로 사라진 후 설마리 사람들이 하나둘 부산스럽게 슈퍼에 들어오고 나간다. 그들 중 명희가 보인다. 그녀는 간이 테이블 앞에 서서 샌드위치를 먹고 있다. 말자는 명희를 볼 때마다 흐뭇하다. 젊은 여자가 청소하는 일도 마다하지 않는다. 그녀의 신랑도 대견하다. 대학까지 졸업했다는데 둘 다 청소부 일을 한다. 먹고사는 데 무슨 일이든 못하겠냐만 말자의 사위들은 폼생폼사다. 이 일은 힘들어서 못하고, 저 일은 비전이 없어서 못한다. 이 일은 지저분해서 못하고 저 일은 폼이 안 나 못한다. 말자의 딸들도 그런 사위들을 편든다. 대학까지 졸업했는데 그럴듯한 일은 해야 한다는 게 그들 생각이다. 자리 잡힐 때까지만 도와달라며 빼간 돈만 벌써 수천만 원이다.

"왜 혼자 샌드위치를 먹어?"

"그 사람도 없는데 혼자 밥 먹으려니까 좀 그래서요."

"요즘도 아홉 시나 돼야 들어와?"

"구역이 늘었어요. 구청에서 예산 절감한다고 네 명을 자른 후부터 늦어지네요."

"아니 청소부도 명퇴시켜?"

"그러게요."

"수천억 들여 새 청사 지었다고 하던데. 그 돈이면 아, 청소부 수천 명은 먹여 살리고도 남겠네."

명희는 샌드위치를 반쯤 먹다 말고 포장지에 싼다. 말자는 점심 대용으로 먹으려고 삶아온 감자를 그녀의 가방에 넣어준다. 명희는 마다하고 말자는 다시 넣는다.

인간들이란 참. 인간이 서로를 이해할 수 있다는 게 난 이해가 안 되네. 하긴 사소한 몇몇 경우를 느낀 후에 그런 말을 할 건 아니지만. 이해가 아니라 그냥 알 뿐이라고? 그럴지도 모르지. 인간이 인간을 이해한다는 건 불가능하다고 생각하네. 인간이 인간을 이해했다면 아마 전쟁이나 기아, 폭행이나 살인 같은 건 일어나지 않았겠지. 고작해야 50년 살아놓고 세상 다 알겠다는 듯이 말하느냐고 묻겠지. 사람을 이해 못 하는데 자네가 나를 어찌 이해하겠는가. 나는 비록 형태를 갖추고 있지만 내 근본의 뿌리는 이 지구와 같다는 걸 어찌 알겠는가. 내 역사는 수천억 년이라는 걸 자네가 어찌 알겠는가. 본래 세상은 최소한의 실존적 행위만 이해했네. 그런데 인간은 달라. 아마 우주 안에서 가장 독한 종족일 거네. 한순간에 수백 명씩 죽도록 내버려두는 게 인간이라는 걸 어느 별의 어느 종족이 이해할 수 있겠는가. 물론 사람마다 다르다는 거 인정하네. 하지만 측은지심을 상대에 대한 이해라고 생각하진 말게. 그건 그냥 동정심이니까. 자네 마누라가 죽었을 때가 생각나네. 솔직히 고백해보게. 슬펐는가? 동정심 정도는 있었겠지. 그런데 말이네. 난 자네가 이해된다네. 내가 자네를 이해한다는 건, 부인의 죽음을 슬퍼하지 않는 자네를 이해한다는 게 아니라 자네가 다른 삶에 눈 돌릴 수밖에 없었던 삶을 이해한다는 거네. 그렇다고 해서 용서를 한다는 말은 아니네. 나는 누구보다 자네 잘 아네. 웃을 때 하회탈처럼 눈이 둥글어지지만, 자네는 누구보다 차갑고 냉정한 인간이 아니던가. 돈이라면 누구든 해칠 각오가 되어 있지 않은가. 그 고독을 모르지 않네. 그런데 자네 부인은 그 고독을 이해하지 못했네. 나는 그 고독을 이해하네. 자네의 그 고독을 이해해줄 수 있는 여자는 세상에 없네. 그러니 더 이상 자식 만들지 말게나. 나중에 알량한 몇 푼 서로 갖겠다고 싸우게 하진 말게나. 자식들이 아직은 자네 말을 잘 듣는 거 같지만 결국 자네가 먼저 가게 되어 있네. 영악한 자식들은 그걸 잘 알고 있지. 그래서 고개를 숙이고 있을 뿐이라는 걸 모르지 않겠지. 어차피 자식들이라는 건 짐이네. 짐을 버릴지 말지 결정도 자네가 하는 거고. 짐작컨대 자넨 아무것도 버리지 않을 걸세. 자식 부리는 재미도 쏠쏠하니까. 절절매는 놈들 보는 느끼는 희열이 대단하지 않던가. 나도 그랬다는 게 믿어지지 않네.

명희가 나간 후 학원 강사인 동민이 들어온다. 얼굴이 수

척하다. 그래도 그의 얼굴은 언제 봐도 깔끔하다.

"요즘도 아침 강의 나가는 모양이네요?"

동민은 매장을 빙글빙글 돌고 있다. 말자의 이야기를 듣지 못했는지 대답이 없다. 그가 라면을 들고 온다. 맥주도 있다.

"아침에도 강의 나가시냐고요?"

"네? 제가요?"

"지난번에 아침 강의 다녀오신다고……."

동민은 고개를 갸웃거린다. 그건 벌써 세 달 전 일이다. 그의 눈가가 조금 일그러진다. 말자는 괜히 참견했다는 생각이 든다. 동민은 남이 자신의 일에 간섭하는 걸 극도로 싫어한다. 말자가 그걸 알 리가 없다.

"봉투에 담아주세요."

동민은 눈썹을 찡그린다.

"봉툿값 20원인데……."

"아, 진짜. 같은 오피스텔에 살면서……. 쪼잔하기는."

"뭐라고요?"

"아, 아무것도 아닙니다. 카드로 같이 계산하세요."

동민의 입가에 야릇한 미소가 걸렸다. 질 낮은 인간들이 아는 체하는 게 영 못마땅하다는 눈치다. 그가 슈퍼를 나간 후 하늘색 여름 점퍼 차림의 건장한 남자 한 명과 검정색 반소매 셔츠의 남자가 슈퍼로 들어온다. 그들은 우선 가게 안을 두리번거린다. 말자는 그들의 시선이 불쾌하다. 그렇다고 가게를 염탐하러 온 눈빛은 아니다. 뭐 염탐할 건덕지도 없지만.

"당신들 뭡니까?"

말자는 가슴을 쭉 펴고 앞으로 나선다. 세상 다 살았는데 무서울 게 뭐 있겠는가. 검정색 반소매가 뒷주머니에서 지갑을 꺼내 펼쳐 보인다. 경찰이다.

"아주머니 혹시 그저께 미용실 여자 보신 적 없습니까?"

"미용실 여자라면 혜리?"

"네, 장혜리씨 혹 보셨습니까?"

말자는 곰곰 생각해본다. 그러고 보니 혜리가 며칠째 안 보인다. 말자는 남자들을 뒤로하고 밖으로 나간다. 건물 오른편 끝에 있는 '혜리 미용실' 문이 닫혀 있다. 남자들이 뒤따라 나온다. 한 번도 문 닫은 적이 없던 혜리다. 그녀는 일요일도 아침 일찍 문을 열었다.

"별일이네."

경찰들도 미용실 쪽으로 시선을 둔 채 다시 묻는다.

"본 적 없으시냐고요?"

"못 봤어요. 그런데 무슨 일 생긴 거예요? 아냐, 생겼을 거야. 혜리 그년 지독한 데가 있어서 일요일에도 문을 열거든요. 그런 년이 문을 안 열었을 때는……."

발자는 그제야 경찰들을 유심히 바라본다. 뭔가 사건이 터졌다는 걸 그제야 실감한다.

"무슨 일이에요?"

"못 보셨습니까?"

"글쎄, 무슨 일이냐고요? 내가 뭘 알아야 형사님들 도움이 될 만한 이야기가 생각나거나 알게 되믄 말을 해줄 거 아니에요."

말자는 궁금해서 미칠 지경이다. 눈알을 재빠르게 굴리며 두 남자를 번갈아본다. 남자들은 주저한다.

"아따, 뭔 속사정이 있는지 모르겠지만 시간 지나면 다 알 일을 뭐한다고 애만 태우시오."

하늘색 여름 점퍼의 남자가 헛기침을 한 차례 내뱉는다.

"장혜리씨 실종 신고가 들어와서요."

"누가 신고했죠?"

말자는 기다렸다는 듯 그 말을 문다. 어설프게 아는 건 모르는 것만 못하다는 게 말자의 지론이다. 말자가 한 발 앞으로 나선다. 경찰들은 한 발 뒤로 물러난다. 귀찮다는 표정이 역력하다. 말자는 그러거나 말거나 제 할 말만 한다.

"마포 사는 언니죠? 하긴 다른 누가 신고했을 리는 없을 테고. 정말 별일이네."

말자가 묻고 스스로 답을 구한다.

"어디 갔을까? 노는 걸 죽기보다 싫어했는데. 남자가 생긴 거 같지도 않았고. 언제 신고했대요? 시집도 안 가고 떼돈 벌겠다고 점심때도 삼각김밥 하나 사 먹는 게 고작이었는대. 얼마나 구두쇤 줄 아세요? 집까지 걸어서 40분이나 걸리는데 버스 한번을 안 타는 애예요. 그래도 사람이 쓸 때는 써야죠. 감기 걸려서 골골거리면서도 병원엘 안 가는 건 좀 너무했어요. 그거야 뭐 지가 돈 벌겠다고 하는 거니까 이해를 해요. 그런데 돈 없어 보이는 인간들은 상대도 안 해요. 조금만 돈 냄새가 나면 얼마나 살살거리는지. 한 가진 확실해요."

경찰들이 말자 앞으로 바짝 다가든다.

"커트 하나만큼은 정말 기가 막히게 잘했어요. 혜리한테 커트 맡기면 사람이 대여섯 살은 젊어 보이게 잘라준다니까요. 펌은 젬병이지만 말이에요. 나흘 됐나요? 아니 지난 토요일에 봤으니까. 사흘 됐네요."

경찰이 두 발이나 더 뒤로 물러난다. 하늘색 점퍼의 남자가 명함을 내민다.

"혹시 생각나는 거 있으면 전화 한번 주세요."

경찰들이 미용실 쪽으로 걸어간다. 그들은 미용실 문을 열고 안으로 들어간다. 말자는 호기심을 억누르지 못해 미용실 앞으로 달려간다. 안을 들여다보니 경찰이 이런저런 물건들을 뒤지거나 살핀다. 뭐 특별하달 것도 없는 것들을.

잠시 후 그들이 나온다.

"미용실에서 무슨 일이 있었던 건 아닌가 보네요. 정리한 그대로 깔끔하죠? 원래 혜리가 좀 깔끔했어요. 그럼 다른 어디에서 사건이 생겼다는 말인데. 그렇게 사람들한테 좀 인색하게 굴지 말라고 그렇게 말했는데. 특히 사내놈들한테 말이에요. 혜리 그것도 사내놈들이랑 뭔 문제가 생긴 게 분명해요."

"아주머니!"

말자의 이야기를 계속 들었다간 하루종일 귀가 쟁쟁거릴 판이다. 하늘색 점퍼의 남자가 말자를 쳐다본다.

"그냥, 나중에 뭐 생각하는 거 있으시면 말씀해주세요."

"그래서 말하는 거잖아요. 생각나는 거."

검정색 반소매 티의 경찰이 어이없어 웃는다.

"그게 아니라 좀 이상한 거, 좀 특별하게 행동한 거 그런 거요. 누구랑 싸웠다거나 전화 통화하면서 화를 냈다거나 특별하게 미용실로 누가 찾아왔다거나 하는 그런 거 말입니다."

하늘색 점퍼 형사가 참을성 있게 설명한다.

"그런 일이 있었으면 진즉 알았죠. 그것이 새침해서 주변 사람들하고 아주 틀어지는 짓은 안 해요. 뜨내기손님들 없으면 우리라도 가줘야 밥이라도 먹을 거 아녜요. 그러니 여기 상가 사람들하곤 불편할 일을 만들지 않는다고요. 어? 그럼 혜리 실종하고 상가 사람들하고는 연관이 없을 수도 있겠네요."

경찰들은 돌아선다. 할 말이 남은 말자가 손을 뻗었다가 접는다. 말자는 가게로 돌아가지 않고 미용실 안을 기웃거리며 서성거린다.

냅들 알겠는가. 여자가 어디로 사라졌는지 내가 어찌 안단 말인가. 인간들이 스스로 사라지겠다고 마음을 먹으면 난 도무지 알아낼 방법이 없네. 내게 무슨 초능력이 있는 것도 아니고 말이야. 나도 일반적인 물질의 법칙에서 크게 벗어날 수 있는 존재가 아니네. 사람의 눈에 드러난 것만 보고 사람이 느끼는 것만 느낄 수 있단 말이네. 물론 다른 시각으로 볼 수도 있겠지. 혼자 사는 여자니까 뭐 좀 외로워하지 않았겠나. 인간들 보면 간혹 이해할 수 없는 이유로 궤도에서 아주 멀리 벗어나기도 하지 않던가. 범죄에 연루될 가능성도 없진 않겠지. 하지만 확인되지 않은 사실을 이미 불행한 쪽으로 몰아가고 싶지는 않네. 어느 누구도 장담할 수는 없는 일이네만 혜리라는 그 여성 인간에 대한 애정이 별로 없었던 것도 같았네. 분명하게 편을 가르고 분명하게 계급을 나누지 않았는가. 자네 나타났을 때 얼마나 호들갑을 떨었는가. 자넨 먹지도 않는 아이스커피를 타다 바치질 않나 자네가 앉을 의자에 서둘러 걸레질을 하질 않나. 자네를 쳐다보며 찡그린 얼굴을 본 적이 없네. 물론 그럴 수도 있겠지. 하지만 다른 세입자들은 자네에게 그토록 친절한 모습을 보이지 않았지. 하긴 그런 이유가 그 여자의 실종과 무슨 연관이 있겠는가. 그냥 그렇다는 거네.

6

호두는 시간을 확인한다. 정확하게 12시다. 그는 미연의 방 앞에 선다. 초인종을 누를까 노크를 할까 망설인다. 그는 노크한다. 세 번, 네 번……. 응답이 없다. 호두는 초인종을 누른다. 세 번째 초인종을 누르려고 할 때 현관문이 확 열린다. 검정색 슬립 차림의 미연이 나타난다. 머리카락은 산발이다. 호두는 눈 둘 곳을 찾지 못한다. 애써 쳐다보지 않았지만, 브래지어를 하지 않은 듯하다.

"무슨 일이에요?"

"전에 말씀드렸던 취재건 말입니다."

미연이 산발한 머리를 끄덕인다.

"그게 오늘이에요? 알았어요. 나 정신 좀 차린 후에 봐요.

밥도 먹어야겠고."

"밥은 제가 준비하겠습니다. 지난번에 대구탕 먹고 싶다고 하셔서……."

호두의 목소리가 목 안으로 기어서 들어간다.

"알았어요. 좀 씻고 정신 차리면 호두씨 방으로 갈게요."

그제야 호두의 입이 벌어진다.

호두의 집 초인종이 울린 건 세 시간 후다. 호두는 문을 활짝 연다. 머리를 단정하게 묶고 엷게 화장까지 한 미연이 서 있다. 겨자색 반소매 티에 헐렁한 연두색 치마 차림이다. 호두는 차마 그녀를 쳐다보지 못한다. 얼른 뒤돌아선 그는 주방 쪽으로 달려가 냄비를 올려놓은 가스레인지에 불을 켠다.

"이야, 책이 많네. 진짜 작가세요?"

미연은 책으로 가득 찬 호두의 방을 구경한다. 창가에 책상이 놓여 있고 그 위에 컴퓨터 모니터가 자리를 잡고 있다. 소파 베드가 왼편에 있고 널찍한 유리 테이블이 방 중앙을 차지하고 있다. 소파 베드 왼편으로 책꽂이가 팔을 벌리고 서 있다. 진짜 책이 가득 차 있다. 미연은 소파 베드에 앉는다.

"세상엔 두 부류의 인간이 있다고 봅니다. 진짜 인간과 가짜 인간이죠."

호두가 생각해도 멋진 말이다.

"진짜 가짜요?"

미연은 호두가 말하는 의미를 알아차리지 못한다.

"그러니까……. 짝퉁과 명품이 있다 이거죠. 짝퉁 인간과 명품 인간."

호두의 얼굴이 벌겋게 달아오른다.

"호두씨가 명품이라는 말이죠? 책을 보니까 명품 같긴 해요."

미연은 책꽂이의 책을 살핀다. 의천도룡기, 마곡의 별, 순수한 이중생활, 황후의 남자들, 킬러의 독백, 전설의 재벌, 돌아오니 귀공자…….

미연은 책 이름을 중얼거린다. 한 번도 본 적이 없는 책들이다. 어떤 책들은 수십 권이다.

"와, 이건 전부 몇 권이죠?"

미연이 50권짜리 책을 가리킨다.

"『황해』라는 소설인데 진짜 재미있죠. 그건 모두 50부작입니다."

" 50부작이요?"

"대단하죠."

"이런 책을 읽는 호두씨도 정말 대단하네요. 어떻게 책을 50권씩 읽나요? 저도 책 몇 권 읽기 했지만……."

"읽으신 책이 어떤 건가요?"

"뭐 딱히 책을 많이 읽진 않았지만, 『픽션들』, 『개를 데리고 다니는 부인』, 『대성당』……. 뭐 이런 거요."

호두가 고개를 갸웃거린다.

"다 처음 들어보는 제목들이네요."

"그러게요. 정말 재미없는 소설이에요. 가게에 손님이 두고 간 책들이 굴러다니길래 억지로 읽어봤는데 당최 무슨 말들인지 모르겠더라고요. 호두씨 책들은 다 재미있는 건가요?"

"그럼요."

"호두씨야말로 진짜 명품이네요."

미연이 슬쩍 칭찬한다. 몸에 밴 습관이다.

"저보다야……."

호두의 얼굴이 빨갛게 달아오른다.

"미연씨처럼 자기 일을 열심히 하는 사람이 명품이죠. 이상한 말들 지껄이는 지식인들이나 요상한 말들 적어놓는 글쟁이들이나 다 가짜예요. 진짜는 미연씨처럼 자기 일 열심히 하는 사람이라고 생각해요."

"그래요. 난 내 일을 사랑해요. 그럼 나도 명품이네요."

미연이 깔깔거리며 웃는다. 호두가 덩달아 웃는다.

"지난번에도 말씀드렸지만 저한테 취재할 게 뭐가 있겠어요."

"아닙니다. 제가 이번에 출판사로부터 의뢰받은 게 밤 여자의 사생활입니다. 제목은 이미 정해졌는데……. 밤에 피는 꽃입니다."

"밤에 피는 꽃이라……."

미연은 책을 둘러보며 되새김질한다. 그동안 호두는 유리 테이블 위에 대구탕을 올려놓고 밥을 푸고 반찬을 내온다. 대구탕 냄새가 구수하게 풍긴다. 호두는 미니 카세트와 노트를 준비한다.

"남자들 귀지 파주는 데라 뭐 별로 할 이야기가 없는데."

미연은 밥을 먹는다.

"저 혼자 먹어요?"

"저는 벌써 먹었습니다."

"그래요? 물어보세요."

호두는 보이스레코더의 녹음 버튼을 누른다. 노트를 펼친다. 그리고 수백 가지의 질문을 퍼붓는다. 미연은 숟가락질하며 건성건성 대답한다.

"……정말로 제 이야기가 소설이 되나요?"

밥은 다 먹었다. 호두는 커피를 내왔다. 던힐도 올려놓았다. 미연이 던힐을 집어 든다.

"담밴 독한 거 피네요."

"그래서 간간이 우유도 마셔줍니다."

호두는 머리를 긁적거리며 냉장고에서 우유를 꺼내 든다.

"실은 담배랑 우유는 팬이 주는 겁니다."

"어머 팬도 있어요?"

"아직 뭐 팬이랄 건 아니지만 달리 부를 말이 없으니."

"그런데 담배 피워도 돼요?"

"요즘 집합 건물에선 담배 피우면 안 되지만 여긴 오피스텔인데다가 윗방은 거의 종일 비어 있는 거 같더라고요. 그리고 이렇게……"

호두는 주방의 후드를 튼다.

"이러면 냄새도 금방 빠지고 괜찮습니다. 아무래도 글을 쓰다 보면 좀 많이 피거든요."

미연이 호두의 곁으로 바짝 당겨 앉는다.

"그러게요. 글 쓰는 님들 담배 너무 피운다고 하던데. 하긴 우리도 많이 피우긴 하지만."

미연의 입에서 하얀 담배 연기가 흘러나온다.

"정말 제 이야기가 재미있을까요?"

미연의 얼굴에 남아 있던 일말의 의심도 사라진다. 사람을 쉽게 믿는 게 미연의 단점인데 그녀는 그걸 순정이라 생각한다.

"남자들은 거의 밤의 세계 혹은 은밀하게 이성을 접촉할 수 있는 세계에서 사는 여자들의 삶에 대해 궁금해하거든요. 게다가 진짜 명품처럼 살아온 여자라면 더욱 궁금해하죠."

명품이라는 말에 미연의 입이 살짝 찢어진다. 명품이란 말은 언제 들어도 좋다.

호두가 쓰려고 하는 건 출판사의 기획소설이다. '영자의 전성시대' 같은 걸 한번 만들어보자는 기획이었다. 시골에서 올라와 술집에서 일하다 술집에서도 밀려난 뒤 키스방이니 귀지방, 발가락방 등에서 일하는 여자가 주인공이다. 스토리는 일생을 몸으로 살아올 수밖에 없었던 여자의 희로애락이다. 사회고발도 하자. 그러면서 인권도 말하자. 폭력도 있고 사랑도 있고 배신도 적당히 집어넣자. 조폭도 나오고 형사도 등장한다. 호두가 좋아하는 스타일이다. 한때 100만 부나 팔렸다는 '밤의 무대' 같은 이야기를 그는 좋아한다. 미연을 취재하는 건 그런 소설을 쓰기 위한 첫걸음이다. 출판사의 기획은 야심차다. 10부작으로 시리즈를 만들자 제안했다. 권당 10만 부씩만 팔리면 잘만 쓰면 100만 부도 팔릴 수 있다는 사실 때문에 호두는 지금 흥분 상태다. 단 한 방이면 이 냄새

나는 오피스텔에서 벗어날 수 있다. 무명의 설움도 벗을 수 있다. 더 이상 컵라면 같은 걸 먹지 않아도 된다. 설마리 슈퍼를 한방에 사버릴 수도 있다. 요즘 책을 안 읽는 시대라지만 재미있으면 읽는다. 호두의 생각이기도 하다. 재미있는 책들은 100만 부도 나간다. 사실이다.

미연의 신세 한탄은 쉬지 않고 이어진다. 호두는 보이스레코더가 멈춘 줄도 모른 채 그녀의 이야기에 빠져 있다. 미연이 가끔 다리를 꼰다. 헐렁한 치마가 펄럭인다. 그 사이로 미연의 허벅지가 보인다. 미연은 제 이야기에 빠져 있고 호두는 그녀에게 빠져 있다. 호두가 자신도 모르게 슬그머니 손을 내밀어 그녀의 허벅지 위에 올려놓는다. 미연이 그 손을 내려다본다. 호두는 깜짝 놀라 손을 떼어낸다. 그의 얼굴이 빨갛다. 미연이 호두의 손을 잡아끈다. 호두는 눈을 질끈 감는다. 책이 100만 부가 팔릴 것만 같은 기분 좋은 망상에 빠진다. 귀지방의 여자, 제목으로 좋은 듯하다.

옥상에 있는 푸들은 어쩔 것인가? 성대 수술을 해놔서 짖지 못하는데 나조차도 처음엔 옥상에 푸들이 있는 줄 몰랐네. 어느 집 푸들인지 나도 모르지. 통신사 송수신기 기둥에 묶어 두었던데. 이미 살아날 가망이 없네.

제대로 걷지도 못하네. 제대로 거둘 줄도 모르는 인간들이 왜 강아지를 키우는지 난 정말 모르겠네. 키울 땐 즐겁겠지만 병 드니까 쓰레기 취급해서 버리는 인간들을 나보고 이해하라고 하진 말게. 살아있는 모든 건 하나의 우주적 흔적이네. 물론 어떤 존재든 귀하게 생각하는 사람들도 있다는 거 잘 아네. 한동안 설마리에는 그런 인간들이 없었는데……. 기분 나쁜 예감이 드네. 자네 인생도 내 인생도 잘 마무리를 하고 싶지 않은가? 뭔가 끝없이 기울어지고 있다는 기분이 드네. 말년엔 구르는 낙엽도 조심하라고 하던데……. 아무튼 푸들 치우게나. 그놈이 무슨 잘못이겠나. 인간들 장난감으로 지내다 필요 없으니 갖다 버리는데 참. 갖다 버릴 데가 없으면 동물보호소 같은 곳에 보내던가 할 것이지. 죽는 날을 기다리는 그 심보는 또 뭔가? 굳이 추적해보자면 모르는 바 아니지만, 일부러 그 인간의 민낯을 밝히고 싶지 않네. 아무튼 푸들 때문에 옥상에 파리가 천지에 끓기 시작했네. 하늘에 까마귀가 모이는 것도 푸들 죽을 줄 알아서 모이는 것 같네. 나쁜 징조들인지도 모르네. 어서 치우는 게 좋을 거 같네.

7

서늘한 기운이 몰려다니던 어느 날 오후 308호에 살던 노인이 죽었다. 그 노인이 설마리에 산 건 6년 남짓이다. 노인을 찾아오는 사람도 없고 노인이 누군가를 찾아가는 눈치도 없었다. 이사를 온 이듬해부터 노인은 신장 투석을 받았다. 그래도 노인은 술병을 놓지 못했다. 걸음도 제대로 못 옮길 정도였지만 술은 달고 살았다.

창범은 노인을 수습하는 구급대원들 뒤에 서 있다. 가끔 창범이 유통기한 지난 패스트푸드를 들고 올라가 노인과 대작하곤 했다. 노인은 대화 도중 세상일에 달관한 듯 호탕하게 웃곤 했다. 철학이며 문학 사회 정치에도 해박했다. 언젠가 창범을 헷갈리게 했다.

'이보시게. 우리가 보는 별은 말이야. 아주 오래전에 우리 쪽으로 출발한 빛이네. 그러니까 지금 그 별은 사라지고 없을지도 모른다는 말이네. 우리는 그런 생각만 하지. 이걸 반대로 생각해보게. 우리 지구의 빛이 다른 어떤 행성으로 달려간다고 생각해보게. 우리랑 1광년 떨어진 별, 아, 1광년이라는 의미는 아는가? 그래 1시간이 아니라 빛의 속도로 달려서 1년 걸리는 거리를 말하는 거네. 아무튼. 수많은 별이 지구의 별빛을 보고 있을 걸세. 그런데 말이네. 어느 별은 1광년 거리에 있고 어느 별은 0.5광년 거리에 있으며 또 어떤 별은 2광년 거리에 있기도 하고 어떤 별은 0.1광년, 굳이 따지면 빛이 한 달 달려가면 닿을 거리에 별들도 동일하게 우리 지구별을 보고 있다는 거지. 그런데 그것들은 모두 현재란 말이지. 즉, 동일한 시간에 어떤 별에서는 지구의 1년 전 모습을 보고 어떤 별에서는 지구의 한 달 전 모습을 본다는 말이네. 이 말인즉슨 모든 시간에 지구가 있다는 말이고, 모든 시간에 지구가 있다는 말은 모든 시간에 자네나 내가 존재한다는 말이기도 할 거네.'

창범은 그냥 고개만 끄덕거렸다. 알 것도 같고 모를 것도 같았다. 그의 말은 과거 현재 미래의 시간 속에 각자의 내가 있다는 말인 듯했다. 그게 가능한 이야기인지 과학적인 이야기인지 잘은 모르겠지만 그리고 설마리로 이사 오기 전엔 뭘 했는지 모르겠지만 한때 꽤 잘 나가던 사람임엔 틀림없는 듯했다. 창범이 설마리 사람 중에 유일하게 존경하는 인물이기도 했다.

“보호자가 없단 말이죠?”

“이 양반이 가족 이야기하는 걸 한 번도 들어본 적이 없다던데.”

“죽은 지 사흘은 된 거 같은데…….”

“요즘 흔한 일이야.”

구급대원들끼리 주고받는 말이 창범의 귀를 찌른다. 술병 하나 꿰차고 유통기한 지난 핫 스파이스 버거 두 개를 들고 노인을 찾아갔다가 노인의 죽음을 알게 되었다. 문을 두드려도 반응이 없어 돌아서려다 섬뜩한 생각이 들어 문을 돌려보니 문이 열렸다. 창범이 젊었다면 그 섬뜩한 기분 같은 거 들지 않았을지도 모른다. 늙은 탓이다. 이런 엄한 일에 시간 빼앗기는 걸 말자는 극도로 싫어한다. 남 일 참견하는 것과 다르지 않다. 하지만 이건 죽음이다. 황천길 가는 노인 배웅 정도는 할 수 있지 않겠는가. 이미 다 건너가버렸는지도 모르겠지만.

어쨌든 창범이 죽은 노인을 최초로 발견한 사람이 되었다.

그래서 참고인으로 있어야 하기도 했다. 노인은 침대에 반듯하게 누워 있었다. 흐트러진 머리카락은 깨끗하게 빗질해 넘기고 두 손은 배꼽 위에 가지런하게 얹어 있었다.

구급대원들이 노인을 데리고 나간다. 창범도 그들을 뒤따른다. 엘리베이터가 없는 오피스텔이라 노인은 계단으로 옮겨진다. 구급대원들이 땀을 흘리며 계단을 내려간다. 창범은 유족처럼 그의 뒤를 따른다. 설마리 광장에 나와 보니 사람들이 모여 있다. 그들 중에는 노인이 설마리에 살았던 사실에 대해서 모르는 사람들도 있다. 말자가 다가온다. 그녀가 눈을 흘긴다. 말은 하지 않지만 창범더러 왜 나서느냐고 묻는 눈치다.

"그러게 노친네 방에 드나들지 말라고 했지."

말자가 속삭인다.

"사람이 그러면 못써. 노인네가 우리한테 피해를 주는 것도 아니고. 게다가 얼마나 해박하셨다고."

창범도 목소리를 낮춘다.

"해박한 거랑 당신이랑 무슨 상관이 있다고. 당신 혹시라도 저 노친네랑 술 마시고 그랬다는 소리 어디 가서 하지도 마!"

창범은 가슴이 철렁 내려앉는다. 창범이 움찔 어깨를 떤다. 설마리에서 노인과 대작한 인간은 자신이 유일하다. 모르고 같이 술을 마셨지만, 노인의 죽음에 일조했다는 생각이 든다.

"사인이 뭐래?"

"그러니까 신장도 망가진 데다가 복수가 찼는데 터졌다나 봐. 그게 저…… 술을 마시면 안 되는 양반이 그렇게 줄기차게 술을 먹어대니 그 몸이 어떻게 버티겠어. 알았으면 진즉 말리기라도……."

말자가 한 차례 더 눈을 흘긴다. 창범은 축축하게 젖은 손으로 마른세수를 한다. 말자가 슬그머니 창범의 손을 잡고 가게 앞으로 이끈다.

"당신 설마 삼 일 전에는 저 노인이랑 술 마신 거 아니지?"

"무슨 소리야? 한 일주일도 넘었구만."

창범은 깜짝 놀라 손사래를 젓는다.

"아니면 됐고."

창범은 생각한다. 사흘 전엔 노인과 술을 마셨던 것 같았다. 어쩌면 그게 노인이 죽기 하루 전날이었는지도 모른다. 등골을 타고 소름이 돋는다.

'……내가 더 살아서 뭘 하겠는가. 난 한 세상 원 없이 살았네. 이제 어디로든 떠나도 난 여한이 없네. 그런데 살아보니 세상은 정말 아이러니네. 물론 해석할 수 없는 것만은 아니네. 삶이라는 걸 해석할 수 없으면 살아야 할 이유가 없었겠지. 한 가지 분명하게 안 게 있다면 인간은 살려고 태어나는 건 아니라는 거네. 태어나는 순간 인간은 죽으러 가는 게 아닌가. 하루하루 내일의 죽음을 향해 걸어가는 거라네. 그래서 인간들이 더 발악하는 거라는 점이네. 전쟁도, 살인도, 강도나 강간도 그렇고. 하다못해 누군가를 짓밟고 일어서려는 그 욕망도 그 모순된 아이러니를 알기 때문이라는 거네. 나 역시 그렇게 살았고…….'

그 뒤의 말들은 생각나지 않는다. 창범은 자신이 노인의 유언을 들었다는 생각이 든다. 뭔가 특별한 말을 했던 것도 같은데 기억나지 않는다. 만약 유족이 나타난다면 뭔가를 전해야 하지 않을까. 하지만 지병이 있는 노인과 대작했다면 피해 소송에 휘말릴 수도 있는 일이다. 모른 척하는 게 상책이다. 이럴 땐 말자가 현명하다.

노인이 떠나자마자 상훈이 나타났다. 그는 밀대와 걸레 바구니를 들고 있다. 상훈이 밝은 햇빛을 손으로 가리며 휘청거린다. 창범은 그가 위태로워 보인다. 언젠가 빈방을 청소하던 그를 본 적이 있다. 그는 청소하는 도중에도 방바닥에 앉아 책을 보곤 했다. 창범이 보기에 상훈은 설마리 사람들과는 질이 전혀 다른 뭔가가 있다. 상훈이 비틀거리며 오피스텔로 올라간다.

노인이 떠난 후 이틀 만에 누군가 오피스텔 관리사무소에 찾아와 보증금과 노인의 물건을 찾아갔다. 재준의 말로는 큰아들이라고 했다. 벤츠를 타고 나타났으며 꽤 번듯한 몰골이었다고 전했다. 그날 저녁 재준은 비치 테이블 앞에 앉아 창범과 맥주를 마셨다.

"수백 억대 부자라고 하더군요."

재준은 입술을 축이듯 조금씩 맥주를 마신다. 그의 눈이 야릇하게 빛난다.

"누가 그래?"

창범이 묻는다.

"기사가 같이 왔었거든요. 기사한테 슬쩍 물어봤죠. 자식들이 재산 싸움이 나서 잠적하셨던 거래요. 진작 알았으면 그 양반한테 잘 보였어야 하는 건데."

"잘 보이면?"

"누가 알아요. 한 재산 뚝 잘라줄지."

창범은 노인이 살았던 방 쪽으로 시선을 돌린다. 창범도 엉뚱한 생각이 든다. 어쩌면 노인이 남긴 유언장에 자신에 관한 이야기가 있을지도 모르겠다는 생각.

자네도 멀지 않았어. 죽음이 외로운 거라 생각하겠지. 아냐, 인간 그 자체가 외로운 거야. 인간이 망각하고 있는 것 중 하나가 뭔 줄 아는가? 여럿이 어울려 사니까 종착점도 같이 가게 될 줄 착각들을 하게 되지. 인간의 길은 언제나 혼자였어. 자네도 잘 알지 않는가. 40년 넘는 세월 동안 참 많이도 죽어 나갔네. 거의 모든 인간이 죽는 걸 애통해했어. 내 보기에 노인은 그런대로 깨닫고 죽었던 게 아닌가 싶어. 죽음이 자길 찾아온 줄 알아서 머리 빗고 옷도 갈아입고 그랬겠지. 어쩌면 인간에게 가장 친근한 사실은 죽음인지도 몰라. 자네도 정리 잘해두게. 언제까지 살 수 있을 거라는 건 오만이야. 산삼 몇 뿌리 먹었다고 천년만년 살 거 같은 기분이 드는 건 이해하겠네만. 인간은 중력조차도 거스르지 못하는 존재잖은가. 중력 때문에 허리가 휘고 피가 아래로 쏠려 하지 정맥이 나타나고 키가 줄고 살들은 늘어지고 장기들도 역시 기운을 잃는 거라네. 자네만은 중력을 벗어날 수 있을 거라 생각하지 말라는 거네. 하긴 중력의 존재를 느끼고 두려워하는 인간이 몇이나 되겠는가. 뉴턴이 중력을 이해했을 때 그는 두려움을 느꼈을지도 모르네. 인간이라는 존재는 결코 중력에서 벗어날 수가 없다는 걸 알았을 테니까 자네보다 수천 배는 더 큰 몸의 나 역시 요즘엔 절감하네. 말초 마디마디가 살살 부서져 내리고 있네. 몸속에 있는 철근은 녹슬었고 나의 살갗은 얼마나 많이 떨어져 나갔는가. 내 기억으로는 열두 번쯤 도색을 했던 거 같네. 그래도 결국엔 흘러내리고 떨어져 나가지 않던가. 어떤 인간은 인간이 만들어낸 모든 것에 중력이 있다고 말했네. 심지어 돈에도 중력이 있다고 말했지. 처음엔 웃기는 소리라고 생각했는데 요즘은 그게 맞는 말이라는 생각이 드네.

동민이 슈퍼로 들어간다. 창범이 보기에 요즘 동민은 학원 강의를 나가지 않는 듯하다. 창범이 뒤따라 들어간다. 동민은 샴푸와 린스를 산다. 오피스텔에서 린스까지 쓰는 남자는 동민이 유일할 듯했다. 창범은 린스를 들고 동민의 얼굴을 살핀다. 수염 한 가닥 없는 그의 얼굴을 볼 때면 정나미가 떨어진다. 남자는 모름지기 수염이 있어야 한다는 게 창범의 생각이다. 수염 없는 인간은 왠지 가볍고 오만할 것만 같다. 그는 계산대 위에 놓인 잡다한 물건들을 만지작거리며 창범의 눈길을 무시한다. 동민이 오피스텔로 올라간다. 맥주를 다 비운 재준도 자리에서 일어난다.

"누가 새로 이사 와?"

"아침에 벌써 계약하고 갔어요."

"누군데?"

"택배 기사라고 하던데요."

"참, 미용실 여자 찾았대?"

"아뇨. 나타나겠죠."

재준은 오징어를 씹으며 사무실 쪽으로 걸어간다. 창범은 걸레로 테이블을 훔친 후 거리의 사람들을 바라본다. 사람들이 노을 진 길을 걷는다. 어디로 가는 걸까? 사람들은 부지런하게 걷는다. 예전과 달라진 풍경이 있다면 요즘 사람들은 휴대폰을 보고 걷느라 고개를 잘 들지 않는다는 점이다. 헛발을 내딛는 사람도 더러 봤다. 해가 지는지 해가 뜨는지 이제 사람들은 세상의 풍경을 보지 않는다. 어쩌면 세상 사는 일이 부질없다는 걸 세상 사람들이 모두 알게 된 건지도 모른다. 도라도 깨우친 기분이 든다. 이제 더 이상 낯선 풍경도 없고 신선한 삶도 없다. 그저 시간 흘러가는 대로 따라가기만 할 뿐. 산다는 게 부질없다.

'왜 개똥철학 같은 생각만 자꾸 들지. 늙은 탓이야.'

소희가 온다. 그녀는 여느 때와 똑같이 던힐 한 갑과 롤빵, 그리고 우유를 산다.

8

소희가 막 동민의 방 현관문 손잡이에 봉투를 걸려고 할 때 문이 와락 열린다. 소희는 깜짝 놀라 들고 있던 봉투를 떨어트린다.

"뭐 하시는 거예요?"

소희는 봉투와 동민의 얼굴을 번갈아 본다. 던힐과 우유가 봉투 밖으로 삐져나와 있다. 소희는 서둘러 봉투를 챙긴다.

"요즘은 강의 안 나가시는 모양이에요."

"제가 강의를 나가든 말든 댁이 무슨 상관입니까?"

소희는 귓불까지 뜨겁게 달아오른다. 동민은 반바지에 슬리퍼 차림이다. 그의 손에 키가 들려 있다. 그가 소희 앞을 지나친다. 그는 봉투에 대해 전혀 모르는 사람 같다. 쑥스러워서 그러겠지. 소희는 다시 봉투를 손잡이에 걸어둔다. 방으로 들어간 소희는 남주의 옷장이 활짝 열린 걸 보고 털썩 주저앉는다. 또 어떤 놈팡이한테 미쳐서. 소희는 화가 난다. 밥 생각이 싹 가신다. 소희는 문을 열고 나오다 호두와 마주친다. 그런데 그의 손에 봉투가 들려 있다. 소희는 동민의 방 현관문 손잡이와 호두의 손에 들린 봉투를 번갈아 본다. 호두가 슬그머니 봉투를 뒤로 감추고 소희 앞을 지나치려는 순간 소희가 그의 봉투를 낚아챈다. 던힐과 우유와 롤빵이 들어 있는 봉투가 맞다. 소희는 호두를 노려본다.

"당신이 이 봉투를 왜 들고 있어요?"

소희의 목소리에 독이 잔뜩 서려 있다.

"봉투라니. 난 그저 이게 복도 바닥에 떨어져서 그냥 주웠을 뿐이라고."

소희는 봉투를 호두의 면상에 내던진다. 얼굴로 날아간 봉투 속에서 우유가 터져 그의 얼굴에 번진다. 호두는 티셔츠 자락으로 얼굴을 닦는다. 불끈 화가 났지만, 입만 벌릴 뿐 아무 말도 내뱉지 못한다. 호두는 휘젓던 팔을 내리고 고개를 떨어뜨린다.

"그동안 당신이 매일 빼갔죠? 사람이 어떻게 그럴 수 있죠? 몇 달 동안 제가 얼마나 공을 들인 건데……."

소희는 화가 난다.

“몇 달은 아니에요. 난 한 스무 번쯤 가져갔을 뿐입니다. 그리고 그건 제가 계산할게요.”

호두는 눈을 깜빡거리며 대꾸한다. 소희는 갑자기 호두에게 달려들어 느닷없이 그를 밀친다. 호두는 우유가 흥건한 바닥 위로 쓰러진다.

“끝까지 거짓말이네.”

소희가 돌아선다. 출근하기 위해 문을 열고 나오던 찰리가 슬그머니 문을 닫고 도로 방으로 들어간다. 찰리는 현관문에 등을 기대고 서서 눈을 깜박거린다.

전에 말했던 굴 생각나지? 좀 이상하더군. 아무튼 내 몸 아래 제법 큰 규모의 굴. 아닌 터널이나 복도라고 하는 게 더 잘 어울릴 법한 그런 지하 길이 생겼네. 처음에 그냥 굴을 뚫는 거란 생각했는데, 점점 이상해지고 있네. 바닥에 시멘트를 바르고 벽과 천정도 인테리어를 하고 있다네. 그러니까 그냥 굴은 아니라는 거네. 내가 굴의 끝까지 가볼 수 없어서 뭐라 말은 할 수 없지만, 그것들은 뭔가를 은밀하게 숨기기 위해 만들어놓은 거 같았네. 뭐든? 지하만큼 숨기기 좋은 장소가 또 어디 있겠는

가. 이보게 이안, 설마리가 처음 여기 들어섰을 때 말이네. 그땐 방이 다 차지 않아서 잠깐 수사관들이 임시 본부를 썼던 거 기억나는가? 요상한 장비들 잔뜩 들여다놓고 허구한 날 헤드폰 쓰고 앉아서 뭔가 엿듣던 그 인간들 말이네. 그때 그 수사관들이 누구 이야기를 엿들었는지 자넨 모르지? 하긴 그 인간들이 자네한테 알려주지 않았겠지. 늙어서 주책이고, 때늦은 감이 있지만, 이제라도 말해주려고 하네. 선희라고 기억나는가? 자네가 참하게 생겼다고 지금 마누라만 없으면 청혼하고 싶다고 했던 그 여성 말이네. 그 여성 이름이 선희였네. 그러니까 수사관들이 선희라는 여자를 염탐했던 거네. 실은 자네도 어렴풋이 알고 있었을 거네. 처음엔 흑심 품었다가 수사관들이 염탐하는 사람이 선희라는 걸 알고 마음을 접었을 테니까. 어찌 아냐고? 건물에서 선희를 만나면 예전에 반갑게 인사하고 그랬는데 수사관들이 지하 쪽에 본부인지 뭔지 차려놓고 있을 땐 아예 아는 체도 안 했잖은가. 내가 오늘 이 이야기를 하는 건, 조금 전에 슈퍼 영감이 틀어놓은 뉴스를 보다가 알게 된 게 있어서 말하는 걸세. 그때 그 선희라는 여성이 장미간첩단 사건의 우두머리로 지목되어서 그렇게 감시를 받았던 거였네. 결국 붙잡혔고

25년을 산 뒤에 새로 재판이 열려서 무죄라 판명을 받았다네. 그 여자가 교도소를 나오는 모습이 카메라에 잡혔는데 옛날 모습 그대로였네. 아, 내 정신 좀 봐. 지하 터널 말이네. 그런 용도로 쓰이는 뭔가를 만드는 것 같다는 거네. 감청하는 시스템이나 안전 가옥 같은 거? 그런 건 지으면서도 국민들한테 알리지 않겠지. 그래서 아마 자네한테도 연락하지 않았든가 싶네. 아무튼 어제저녁 물건을 엄청나게 많이 실은 손수레가 오갔네. 남자들도 있었고 여자들도 상당수였네. 한결같이 눈빛이 반짝거렸네. 내 몸이 그 인간들 천정과 연결되어 있으니 알지, 내가 어떻게 알겠는가. 아무튼 그런 거라는 걸 알고 있으라는 거네. 세상이 25년이나 흘렀는데도 그런 스파이 같은 행동들은 변함이 없네그려. 대통령이 바뀌면 그런 문화도 다 바뀌는 거라 생각한 게 오산이네. 생각해보니 대통령은 5년만 할 수 있잖은가. 공무원들은 평생 하는 거고. 그러니 잠깐 머물다 가는 대통령을 위해 새로운 뭔가를 하기에는 좀 벅찰 수도 있을 걸세. 아, 증말. P택배 청년 좀 주의 좀 주게. 또 오른편 골목 쪽에다 오줌을 쌌네. 어젯밤에 뭔 술을 마셨는지 냄새도 지독하네. 잠깐 다녀옴세.

9

이른 아침부터 설마리 슈퍼 앞에 용달차가 한 대 서 있다. 말자는 먹던 감자를 바구니에 던져놓은 후 밖으로 나간다. 용달차 기사와 인부가 오피스텔을 올려다본다. 이삿짐을 나르러 온 모양이다.

"어느 집이 이사 가요?"

용달차 기사가 말자를 흘끔 쳐다본다.

"202호요."

말자는 곰곰 생각해본다. 말자가 이삿짐 트럭의 등장에 민감한 건 외상값 때문이다. 외상 안 갚고 야반도주하듯 이사가는 입주자들이 있다. 많아야 10만 원 이쪽저쪽 금액인데 그걸 떼어먹고 도망간다. 편의점인데 입주자들은 동네 구멍 가게 대하듯 했다. 외상하고 보름이나 한 달에 한 번 찾아와 착실히 갚는 축들이 더 많았다. 창범이나 말자도 그냥 그들의 사정을 받아주었다.

'오죽하면 도망가겠어. 그 몇 푼 되지도 않는 돈 못 갚을 때는 그 심정이 어떻겠냐고?'

말자도 입주자들 사정을 모르지 않았다. 창범의 말도 맞았다. 하지만 그렇게 떼이는 돈이면 편의점 여름 한 달 전기세를 내고도 남았다. 창범 모르게 딸년들 대출받아준 돈 이자만 해도 만만치 않았다. 괜히 한숨이 나온다.

'내 팔자가 이게 뭔가.'

악착같이 살았는데 낡은 오피스텔 보증금하고 슈퍼 보증금이 남은 전부였다. 식당 도우미로 10년 넘게 다니면서 딸들 대학 졸업시켰더니 못 가져가서 안달이었다. 이제는 줄 것도 없는데.

말자는 용달 트럭에 실린 짐을 살펴본다. 짐이 별로 없는 입주자들은 가방 하나만 달랑 메고 사라지니 이사를 가는지 여행을 가는지 알 턱이 없다. 두 달 전에도 공사장 인부로 나가던 놈이 20만 원을 떼어먹고 달아났다. 새로 이사 들어오는 사람을 만난 후에야 그가 도망갔다는 걸 알았으니 말자가 민감할 만도 하다.

"202호면……."

공장 다니는 두 처녀가 사는 방이다. 소희와 남주. 외상은 없다. 잠시 후 소희가 설마리에서 나온다. 그녀는 손에 커다란 가방을 들고 있다.

"왜 갑자기 이사를 해?"

말자는 소희의 손을 슬그머니 잡아본다. 딸들이 철이 없고 어느 땐 밉긴 하지만 그래도 사랑스러움이 더 크다. 소희도 딸 같은 생각이 든다. 말자는 딸들이 소희 절반만 따라가도 생활력이 강할 텐데, 라는 생각을 해본다.

"혼자 쓰기엔 방도 크고……."

소희는 말을 얼버무린다. 용달차 기사와 인부가 오피스텔로 올라간다.

"같이 방 쓰던 아가씨는?"

"진즉에 집 나갔어요."

소희는 한숨을 길게 내쉰다. 슈퍼 생활 10년이면 사람의 속내가 대충 보인다. 말자는 소희에게 사연이 있다고 믿는다. 말자의 취미라면 사연 있는 사람들의 속을 살살 긁어 이야기를 하게 만드는 거다. 드라마나 소설보다 사람들의 진짜 삶이 더 흥미롭지 않은가.

"섭섭하네. 우리 오피스텔 사람들 중에 제대로 정신 박힌 여자는 아가씨뿐이었는데 말이야. 공장은 그만둔 거야?"

말자는 은근하게 묻는다.

"아니요. 공장 기숙사로 들어가려고요. 이제 정말 돈만 벌 생각이에요. 돈 벌러 서울에 올라왔는데 그동안 제가 정신을 놓고 살았나 봐요. 아줌마 돈이 최고죠?"

"아무렴. 돈 없어봐 누가 알아주기나 하는 줄 알아? 딸년들도 아마 내가 돈 없으면 코빼기도 안 비칠 걸. 요즘엔 뭐니 뭐니 해도 돈이 있어야 해. 그래야 남들이 무시를 못한다고. 특히 남자 놈들이 무시를 못 해!"

말자는 소희의 속을 슬슬 긁어준다.

"그러게요."

소희는 어지간해서 속내를 드러낼 태세가 아니다. 슈퍼에 손님이 들어간다. 말자는 부리나케 슈퍼로 뛰어 들어가 계산을 한 후 튀어나온다.

"뭔 일 있어?"

말자는 무심한 척 목소리를 깐다. 그러자 기다렸다는 듯 소희가 고개를 푹 숙인다.

"무슨 일은요, 돈 좀 더 벌려고 그러죠. 제가 돈이 많으면 남자들이 절 무시하진 않겠죠?"

남자 문제구나. 말자는 대충 짐작이 간다.

"아, 자본주의 사회잖아. 돈만 있으면 남자들도 너 무시 못한다. 그리고 돈 없으면 사람 구실 못해. 아까도 말했지만 남자든 여자든 돈 있어야 돼. 우리 딸년들이 그러더구먼. 돈이 인격까지 형성해주는 시대라고 말이야."

말자는 모처럼 유식한 말을 내뱉은 거 같아 기분은 좋다.

"못 배워도 돈만 많으면 사람 붙게 되어 있어. 그게 요즘 세상 이치야."

소희는 높아진 하늘을 올려다본다.

"여기 살다가 떠난 아가씨들 보면 죽자고 돈 벌어서 어느 놈 다리 밑에다 다 처박더라. 아가씬 그러지 마."

"그래서 기숙사로 들어가려고요. 남자들 정말 믿을 게 못 되는 거 같아요."

"그럼, 백 명 중에 아흔아홉 명은 늑대라고 생각하면 돼. 그리고 아가씨가 딸 같아서 한마디 해주는데 남자는 얼굴 보지 마. 돈이야 많으면 좋겠지만 제일은 성격이야. 성격 삐뚤어진 놈이랑은 못 살아. 아무리 돈이 많아도 말이지. 사내들은 돈 많으면 바람피울 궁리나 한다고. 그러니까 나중에 남자 고르려거든 성격을 봐."

말자는 훈계까지 늘어놓는다. 소희는 고개를 끄덕인다. 그때 오피스텔에서 동민이 나온다. 슈퍼를 향해 걸어오던 동민이 주춤거린다. 소희가 말자의 등 뒤로 슬그머니 자리를 옮긴다. 동민은 발걸음을 돌린다. 그는 전동차 역사 쪽으로 걸어간다. 말자는 소희와 동민을 번갈아 본다. 중학교나 겨우 졸업한 소희에게 동민은 못 오를 나무다.

말자는 가늘게 한숨을 내쉰다. 그래서 딸년들 대학까지 졸업시켰는데 자기 신랑만 챙긴다. 못 배운 자식이 효도한다고 하는데 아무래도 그 말이 세상의 이치인 듯해 씁쓸하다.

용달차 기사와 인부가 짐을 모두 실었다. 소희가 조수석 쪽에 앉는다. 말자는 문득 생각난 듯 슈퍼로 달려가 비닐봉지에 뭔가를 챙겨 나온다. 말자는 소희에게 봉투를 건넨다.

"뭐예요?"

"우리 딸 같아서 그래. 고향 생각나고 고달파도 담배는 적당히 피우고. 내가 주는 걸 마지막으로 해서 끊어 봐."

소희는 봉투를 뒤져본다. 던힐과 롤빵과 우유가 들어 있다. 소희의 눈시울이 젖는다. 말자가 손을 흔든다. 소희는 목례를 하고 마지막 인사를 한다. 말자는 손을 털며 입맛을 쩍 다신다.

내가 이래서 인간을 이해할 수 없다고 하는 거네. 슈퍼집 노파 말이네. 세상 둘도 없는 악녀처럼 굴기도 하는

데 어느 때 보면 보살이 따로 없다니까. 자네 그때 생각나는가? 용달차 보니까 생각나서 하는 말인데. 부산 아줌마라고 불렀던 여자 말이네. 딸이 둘 있었고. 모른 척 하지 말게. 넉 달인가 월세 밀렸다가 내쫓은 사람이 모를 리가 있겠나? 하긴 내쫓은 사람이 어디 한둘이어야지. 요즘은 안 그런다고? 자넨 어쩜 그렇게 변하는 게 없는가. 지금이야 비서 시켜서 하지 자네가 직접 나서지 않는다고 해서 안 하는 건가. 그래 자네 말도 옳네. 여기 월세가 싼 편이지. 그래도 없는 사람들한테는 월세가 높네. 보증금 낼 돈 없다고 무지막지하게 받으면 없는 사람들이 어떻게 버티겠나. 요즘 세상이 다시 월세로 돌아가고 있다고 하는데 꼭 자네 같은 사람 아닌가. 아무튼 그때 쫓겨난 그 부산 아줌마는 어찌 사는지 궁금하네. 없어도 남 어려운 거 보면 푼돈이라도 내놓던 사람이었는데. 자네도 그렇게 어려운 시절이 있지 않았는가. 그러면 좀 봐주고 그럴 법도 했을 텐데. 어려웠던 시절을 겪은 사람이 어려운 사람들 더 괄시한다고 하던데. 안 그런 사람이 더 많긴 하지만.

10

창범은 인도에 쌓인 플라타너스 낙엽들을 바라본다. 거리에 몰려다니던 더위가 바로 어제 일만 같은데 어느새 가을이 깊어지고 있다. 창범은 낮게 탄식을 한다. 가을만 되면 목덜미와 어깨가 싸늘해진다. 딱히 추위를 느끼는 건 아니다. 그냥 쓸쓸하고 허무해서다. 목 주변 근육도 딱딱해지고 팔도 잘 돌아가지 않는 것 같다. 24시간 아무런 낙 없이 사니 그럴 법도 했다.

창범은 컴퓨터를 켜서 인터넷에 접속한 후 맞고를 친다. 큰딸이 치매 예방하라며 가르쳐준 게임이다. 한땐 말자와 함께 열렬한 맞고 팬이었는데 이젠 시들하다. 얼굴도 모르는 남이랑 맞고를 친다는 것도 그렇고 사이버머니를 잃거나 따면 인사도 없이 뿅 하고 사라져버리는 싸가지 없는 인간들에게 신물이 났다. 그렇다고 다른 게임을 해보려 해도 마땅한 게임이 없다. 게임은 죄다 젊은 것들 차지다. 100세까지 사는 세상인데 100세도 즐길 수 있는 그런 게임 좀 만들면 안 되는가 싶다. 늙은이도 충분히 덕질도 하고 돈 한번 쓰면 젊은 것들보다 훨씬 많이 현질도 할 수 있는데 그런 세상 변화를 게임 만드는 인간들은 모르는 게 확실하다. 창범은 폰을 꺼내 들고 유튜브를 창에 띄운다. 보던 뉴스 몇 개 읽어보고 노인 먹방도 살펴본다. 요즘은 '여노' 보기를 즐긴다. 여자노인의 준말인데, 제법 볼 만하다. 젊은 것들처럼 엄청난 양을 먹는 게 아니라 맛집의 음식을 찾아 천천히 먹는다. 화면 밖의 사람과 대화를 하면서 먹는다. 남이 밥이나 음식 먹는 게 무슨 재미일까 싶은데 보면 볼수록 빠져든다. '여노'가 미인인 탓도 있다. 말자와 동갑인데 보기엔 40대 후반으로밖에 보이지 않는다. 아무리 관리를 잘해도 말자는 도달할 수 없는 경지다. 여노가 뭔가를 먹는 방송 두어 개를 보자 이것도 시들하다. 맛집이라고 찾아다니기도 하는데 말자나 창범은 갈 처지가 못된다. 여노 방송을 지우고 놀라운 시리즈 몇 편을 본다. 별별 것들에 대해 순위를 다 매기는데 그도 끝까지 보는 건 없다. 빌라 노인들도 그렇고 아파트 경로당 노인들도 요즘

광화문에 나가는 재미가 쏠쏠하다 하여 창범도 나가볼까 싶었지만 말자가 가만히 있지 않을뿐더러 시간도 없다. 하루라도 일을 하지 않으면 좀이 쑤시기도 한다. 천상 일만 할 팔잔데 어쩌겠는가. 폰으로 다시 맞고 몇 판을 치다가 접는다. 아무리 생각해봐도 맞고로 치매 예방 따위는 안 될 것 같다. 성질만 더러워졌다. 창범은 폰 화면을 꺼버린다. 아무래도 사람 보는 재미만 한 게 없다. 설마리에만 최소 80가구가 살았다. 창범은 설마리에 사는 사람들 모두를 안다. 새로 이사 온 사람이라 해도 하루만 지나면 안다. 오늘 설마리 사는 사람들한테 뭔 일이 있었는지 알아내는 게 요즘 재미라면 재미다.

슈퍼에서 나간 창범은 조끼 안주머니에서 담배를 한 개비 꺼낸다. 해 질 무렵 비치 테이블 앞에 앉아 노을을 바라보며 담배를 피우는 일. 창범이 맞고보다 더 좋아하는 벽(癖)이다. 창범은 하루에 많아야 다섯 개비 정도 담배를 피운다. 말자는 담배에 관해선 잔소리를 하지 않는다. 담배 연기가 구수한 냄새를 풍기며 맴돈다. 개천을 따라 전동차가 달리고 있다. 노을 속으로 들어가는 전동차를 바라보며 담배를 피우고 있자니 인생무상이다.

지난번에 죽어 나간 노인 말이네. 그 양반이 슈퍼 노

인에게 그런 소리를 하더군. 사실 가장 행복한 건 태어나지 않는 거라고 말이네. 그게 어디 맘처럼 되는 일인가. 태어남이 모두 우연히 일어나는데 말이네. 그렇지 않은가. 어쩌면 세상의 진정한 감독은 우연인지도 모르네. 내 말은 아니고 노인의 말인데 노인의 말도 아니네. 『리스본행 야간열차』를 쓴 작가의 말이라고 하지 아마. 가만 생각해보면 우리도 우연인 거 같네. 설마리에 들어오는 모든 인연들도 우연인 거 같지 않나? 내가 엿들으려고 한 건 아닌데……. 사실 난 어쩔 수 없잖은가. 죄 내 몸속에 사니 들을 수밖에 없는 일이지. 아무튼 기동이 할머니 말이네. 307호 사는 그 기동이 할머니. 얼마 전에 생일이었던 모양이네. 기동이 이놈이 이제 철이 좀 들었는데 지 할머니에게 생일 기념으로 뭔가 해주고 싶다고 하더만. 그랬는데 기동이 할머니가 대뜸 노래방에 가고 싶다는 게 아닌가. 기동이도 약간 놀라는 눈치였네. 아마 슈퍼 창범이랑 비슷한 나이일 걸세. 그래서 기동이 우리 상가에 있는 노래방엘 모시고 갔네. 여기저기 노래방이 널려 있으니 호기심에 한번 가본 건가 싶었네. 그런데 노래를 부르는데 기동이도 놀랐지만 나도 놀랐네. 자네 기동이 부모 없는 거 알지? 어쩔 수 없는 노릇이지. 들은 말이 없으니 자세한 내막은 모르지만, 기동이 부모가 없는 건 확실하네. 그러니까 기동이 할머니한테 아들 내외가 없는 거지. 그날 할머니 노래를 듣던 기동이 지 할머니에게 물었네. 할머니 꿈이 뭐였냐고? 한 치의 망설임도 없이 말하는데, 가수였다고 하더군. 놀라운 이야기지. 그런 꿈을 가지고 있었다는 게 말이네. 자네도 기회가 되면 한번 들어보게. 백만송이 장미, 미워도 다시 한번, 하숙생……. 레퍼토리도 다양했네. 누구나 그런 꿈들은 꾼다고? 나도 첨엔 그렇게 생각했지. 그런데 기동이 할머니는 꿈을 이뤄보려고 처녀 때 시골서 서울로 올라왔었다고 하더군. 동네 어른이 소개해준 선생 집에 머물면서 여기저기 오디션 같은 걸 보러 다닌 모양이었네. 그 뒤에 어떻게 됐는지 말하진 않았네. 기동이가 물어도 그냥 웃기만 하더군. 노래방에 나오기 전에 '배신자'라는 노래를 부르며 울더군. 가만히 듣고 있던 기동이도 같이 울고. 참, 사람은 알다가도 모를 존재인 거 같네. 나나 자네도 그렇지 않은가. 내 꿈이 뭐였는진 아는가?

한때 창범은 철이 없었다. 철없던 시절들이 왜 그렇게 후회가 되는지 살아보면 알게 된다. 창범은 10년 동안 고시 공부를 했다. 그 시절이 가장 후회된다. 공부하는 괴로움이나 고달픔보다는 고시에 패스한 뒤에 화려하게 펼쳐질 무대만 생각했다. 그 힘으로 10년을 버텼다. 애초 고시 공부보다는 고시에 패스한 선배들이 누리는 화려한 풍경들을 좋아했다. 창범은 자신이 그렇다는 걸 마흔이 넘어서야 깨달았다. 뜬구름 잡으며 보낸 10년의 세월. 돌아갈 수 있다면 그때로 돌아가 다시 살고 싶다는 생각이 간절하다.

슈퍼 문을 열고 연수가 들어온다. 그는 택배 기사다. 308호 노인이 죽은 뒤 새로 이사 온 사람이다. 재준이 택시 기사라고 알려주었는데 실은 택배 기사였다. 재준이 발음을 잘못한 건지 창범이 잘못 알아들은 건지 모르겠다. 어쩐 일인지 연수는 입술이 파랗고 얼굴이 사색이다.

"저, 저, 저기요."

연수는 말을 더듬는다. 평소에도 더듬는데 급할 땐 더 더듬는다. 창범은 그의 입술을 쳐다본다. 그렇지 않으면 그의 말을 알아들을 수 없다.

"호, 호, 혹시 말이에요."

답답하다.

가끔 창범에게 택배 좀 보내달라거나 물건을 받아달라는 사람들이 있다. 낮에 오피스텔을 비우는 사람들이다. 창범은 그런 손님들의 물건과 연수를 연결하게 해주었다. 그가 말 더듬는 걸 걱정했지만 사람들 얼굴을 마주하지 않고 말하면 더 듬지 않는다고 한다. 그래서 그는 물건을 배달할 때 트럭 안에서 먼저 전화를 걸어 확인한 후 대문 앞에선 말없이 초인종 누르고 물건 건네주고 잽싸게 돌아온다고 했다.

창범은 그 말이 기억나 일부러 고개를 돌린다.

"가, 가, 가장 가까운 산부인과가 어디 있죠?"

"왜?"

"지, 지, 지금 집사람이 애를 낳으려고 해요."

무슨 뚱딴지같은 소린가? 창범은 보온병에 담긴 물을 한 잔 따라준다. 연수는 단숨에 물을 들이켠 후 다시 묻는다.

"그럼 얼른 병원엘 가야지. 산부인과 어디 있는지는 왜 물어."

"지, 집사람이, 주, 주, 죽어도 병원엔 안 가겠답니다."

연수가 설마리 오피스텔로 이사를 왔을 때 그의 부인인 금희는 만삭이었다.

"그럼, 어떻게 하려고?"

"의, 의, 의사를 불러와야죠."

의사가 오려나? 이젠 산파 일 보는 사람들도 없다.

"의사가 집에 오겠어? 설득해서 데리고 가야지."

창범이 그를 쳐다보며 혀를 찬다.

“자, 자, 장인이랑 장모님이 병원에 오래 계셨습니다. 지, 지, 집사람은 병원이라면 이를 갈아요.”

“그거하고 애 낳는 거하고 같아?”

“아, 아, 아무튼 절대로 안 간답니다. 의, 의, 의사 안 데려오면 혼자 낳겠답니다.”

창범은 문득 말자를 떠올린다. 애를 받아본 적은 없지만 그래도 어깨너머로 구경한 적은 있지 않을까 싶다. 말자는 산골 촌녀다. 산골에 의사 같은 게 있을 리 만무하다. 분명 아이를 낳아도 동네 촌로들이 도맡아 받아냈을 것이다. 가물가물한데 말자가 처녀 시절에는 간호사 아니 간호조무사를 아주 잠깐 했다고 했던 것 같았다. 창범은 집으로 전화를 건다.

“왜요?”

창범은 말자에게 자초지종을 설명한다. 말자가 달려 내려온다. 말자는 남 일에 간섭하는 걸 싫어하면서도 남 일에 빠지지 않고 참견을 하는 성격이다. 훈수건 훈계건 아끼지 않았다.

“혹시 말이여. 처녀 시절에 간호사 해봤다고 하지 않았나?”

창범은 조심조심 말한다. 만약 다른 여자와 나누었던 기억이라면 며칠 또 바가지를 써야 한다.

“내가 언제……. 간호조무사였지. 그라고 옛날엔 그냥 아무나 막, 병원에 취직하믄 다들 보조처럼 했지.”

연수의 눈이 동글동글 빛난다.

“간호사 관둔 게 언젠데. 내가 이 양반 안 만났으면 지금 아마 왕 간호사 됐겠지. 그나저나 오래돼서…….”

“하, 하, 하시긴 하셨었죠?”

“그렇긴 한데, 그래도 아가 태어나는 건데…… 왜 병원엘 안 가고…….”

말자는 창백한 연수의 얼굴을 두루두루 살핀다.

“흰소리 그만해. 부인이 죽어도 병원엘 안 가겠다잖아. 애기를 곧 나올 판이고. 몸으로 한번 익힌 건 웬만해선 잊지 못하는 법이니까 한번 가보자고.”

창범이 말자의 눈치를 보며 말을 거든다.

“아, 아, 아주머니. 우, 우, 우리 집사람 한번 살려주세요.”

연수는 말자의 손목을 잡고 막무가내로 이끈다.

“나 원, 애를 몇 번 받아내기는 했지만. 그게 벌써 40년 가까이 된 일이고 애 낳다가…….”

말자는 뒷말을 잇지 않고 창범을 바라본다.

"그, 그, 그럼 어쩝니까? 주, 주, 죽어도 병원엔 안 가겠다는데."

연수는 울먹인다. 아닌 게 아니라 슈퍼 앞 광장까지 금희의 비명이 들리는 듯하다. 창범과 말자 그리고 연수가 308호 쪽을 올려다본다. 오피스텔 광장을 오가는 몇몇이 308호 쪽을 올려다본다. 관리사무실에서 재준이 뛰어나온다.

"뭔 일이에요?"

창범은 연수의 부인 금희가 애를 낳으려고 하는 중이라고 말한다.

"아니 여기서 어떻게 애를 낳는다고 그래요. 병원에 가야지."

재준도 하나 마나 한 소리를 한다.

"주, 주, 죽어도 병원엔 아, 안, 안 간다고 해서."

연수가 설명한다. 그는 이미 몸이 달아 동동거린다.

"아, 아주머니!"

연수가 말자의 손을 잡는다.

"여보, 가봐. 다른 사람이 없는 게 어쩌겠어. 우리 건물에 간호사 출신이라곤 당신밖에 없잖아."

"그걸 어떻게 알아요. 다들 속들이 꺼매가지고. 감추고 사는데."

"허 참, 한시가 급하다잖아. 말 좀 그만해."

"사모님이 정말 간호사였어요?"

재준은 금희가 애를 낳으려고 질러대는 비명보다 말자가 처녀 시절 잠깐 간호조무사로 일했다는 데에 더 관심이 가는 모양이다.

"계속 간호사 하셨으면 지금 왕고참 되셨을 텐데."

"내 말이 그래요. 병원서 일할 땐 진짜 칭찬 많이 들었는데."

"그러니까 어서 가봐."

창범의 말이 끝나기 무섭게 연수는 말자의 어깨를 감싸 안다시피 해서 오피스텔로 들어간다. 두 사람이 사라진 후에도 금희의 비명이 간간이 들린다. 재준은 담배를 두 대 피운 후 사무실로 돌아갔다.

설마리의 경사다. 적어도 창범이 설마리에 살기 시작한 뒤로 설마리 오피스텔에서 출산한 여자는 없었다. 금희가 처음인 셈이다. 좋은 징조라는 생각이 들자 창범이 괜히 설렌다. 창범은 슈퍼 앞 광장에서 서성거린다.

창범의 큰딸은 가장 좋은 병원에서 애를 출산하고 싶다고 해서 호텔 같은 분위기의 산부인과에서 첫째를 낳았다. 딸은 돈만 넉넉하면 미국으로 건너가 출산하고 싶다며 눈물지었다. 그러면 미국 시민권이 나온다고. 걸핏하면 총질해대는 나라가 뭐가 좋다고. 딸들이 철없는 건 모두 자신을 닮은 듯해 가끔 가슴이 아프다. 요즘 사위들이 어딘가를 나간다고 하는데 이젠 관심도 없다. 하도 이직을 자주 해서 말을 해줘도 그게 언제 적 직장인지 자꾸 헷갈린 뒤로는 관심을 주지 않았다. 딸들도 곧 직장을 얻어 나갈 거라 하는데 가능할까 싶다. 큰딸은 역사학과를, 작은딸은 사회학과를 졸업했다. 창범이 생각해도 이 사회에서 어디 써먹을 만한 데가 없는 학과인 듯했다. 큰 사위 작은 사위 둘 다 철이 없기로는 오십보백보지만 한 가지 다행인 건 둘 다 선하다는 정도다. 금희의 비명 때문인지 광장 한쪽 구석과 벤치에 사람들이 모여 막연하게 오피스텔을 올려다본다. 어느 집에서 흘러나오는 비명인지 알고 쳐다보는지 궁금했다.

말자와 연수가 올라간 지 5분 만에 전화벨이 울린다.

"여보, 잘 드는 가위하고, 어른용 기저귀 한 통, 소독 알코올 그리고 물 끓일 큰 주전자 챙겨서 얼른 올라와요."

창범은 짐을 챙긴 후 슈퍼 문을 닫고 부리나케 308호로 올라간다.

'집에서 애 낳는 거 불법 아닌가?'

창범이 결혼한 뒤 집에서 아이 낳는 광경을 본 적이 없었다. 창범은 괜히 신이 난다. 아이는 병원에서 낳는 게 당연한 시대라 아이 나오는 광경을 단 한 번도 본 적이 없었다. 물론 단순하게 그게 궁금해서 부리나케 3층으로 뛰어 올라간 건 아니다.

금희의 비명이 복도에 가득하다. 3층에 사는 사람들 몇몇이 문을 반쯤 열어놓은 채 내다보고 있다. 창범이 308호로 들어간다. 별 볼 일 없는 살림살이들이 펼쳐져 있다. 그래도 아이 물건들은 새것인 양 반들거린다. 특히 하늘색의 아기 욕조가 눈에 띈다.

"그래, 그래. 힘줘. 젖 먹던 힘까지 다 줘."

말자는 금희의 다리 사이에 머리를 처박고 악을 쓴다. 그녀의 얼굴이 빨갛게 상기되어 있다. 금희는 땀을 뻘뻘 흘리며 이를 앙다물고 있다. 창범은 물건들을 든 채 현관문 가에 넋 놓고 서 있다. 연수는 금희 머리맡에서 머리카락을 쥐어뜯고 있다.

"그래, 나온다. 나와!"

말자가 탄성을 지른다. 연수의 머리카락을 잡고 있던 금희의 손이 방바닥으로 맥없이 떨어지면서 늘어진다. 창범은 멀리 선 채 말자를 구경한다.

"당신 뭐 해요? 얼른 가위 소독해서 가져와요!"

그제야 정신 차린 창범이 가위를 알코올로 소독한 후 말자에게 건넨다. 발자는 망설이지 않고 탯줄을 끊는다. 그리고 아이의 입에 손가락을 넣어 이물질을 꺼낸 후 아이의 엉덩이를 때린다. 아이는 기다렸다는 듯 울음을 터뜨린다. 창범은 괜히 가슴이 벅차다. 말자가 대견하다. 몸이 배운 건 절대 잊지 않는다는 걸 새삼 실감한다. 창범은 고개를 내밀어 아이의 사타구니를 본다. 고추가 보인다. 부럽다. 창범은 조용히 뒤돌아서 나온다.

참으로 기이한 우연 아닌가. 노인이 죽어 나간 집에서 아이가 태어나고. 이런 일이 어디 정해진 이치가 있겠는가. 본래 세상은 무질서하네. 한 사람이 죽고 한 사람이 태어나는 게 얼핏 보면 질서가 있는 순리인 것처럼 보이지만 실은 무질서한 거라 보네. 언제 어디서 누가 죽을지 모르고 언제 어디서 누가 태어날지 모르는 것과 같네. 요즘이야 죽음도 태어남도 조금은 짐작할 수 있는 시대이긴 하지만 그렇다고 딱히 그 의학적 견해가 모두 맞아떨어지는 것도 아니네. 전에 201호에 살던 노인도 췌장암으로 3개월 시한부 진단을 받았는데 2년을 살지 않았는가. 인간의 진단은 이제 오만해지기 시작했네. 인간은 규격품이 아니다 보니 일정한 기준으로 뭔가를 결정 지을 수 없는 거라 생각하네. 점점 개인주의적인 세태가 팽배해지고 혼자 사는 게 당연해지면서 인간들은 자유로워지는 게 아니라 더 고립되어 간다고 생각하네. 그러니 더욱 오만해지는 것일 테고. 고집불통이 되고 남의 말에 귀 기울이지 않게 되지. 자네도 너무 돈에 애정을 깊이 갖지 말게. 308호 노인도 결국 돈에 대한 집착이 말년을 쓸쓸하게 만든 것일 테니. 자식들을 믿게. 영원히 자식들을 코치할 수는 없는 일이네. 죽음의 문턱에서 자네가 가진 것을 돌아보며 두고 가는 억울함에 서러워지지 않으려면 자식들을 믿어야 하지 않겠는가. 참 왜 자꾸 이런 훈계조의 말을 늘어놓는지 모르겠네. 나도 인정하고 싶지 않지만 늙은 게 확실하네. 죽어서도 늙는다는 걸 요즘 실감하네.

11

혜리 미용실 문이 열린다. 쓰레기를 치우러 나왔던 창범이 미용실 앞으로 가 안쪽을 기웃거린다. 오랜만에 미용실 안이 환하다. 미용실 문을 연 사람은 재준과 낯선 여자다. 여자와 이야기하던 재준이 금방 미용실에서 나온다.

"저 여자 누구야?"

"미용실 새 주인이죠."

"혜리가 내놓은 거야?"

"아저씨도 참. 그 여자 아직 못 찾았어요."

"그런데?"

"월세도 밀리고 해서 언니한테 연락했죠. 아무리 궁리해도 가게를 내놓는 수밖에 없겠다고 하더라고요. 그래서 내놨는데 금방 사람이 나선 거예요."

"올해 말에 여기 헐린다면서?"

"뭐 그렇긴 하지만 그래도 몇 달은 할 수 있잖아요. 영감도 그러라고 하고요."

"그럼, 권리금도 없이 넘긴 거야?"

재준은 창범의 말을 듣는 둥 마는 둥 하며 슈퍼 쪽으로 걸어간다. 슈퍼에 들어간 재준은 담배를 산다.

"미용실 인테리어 비용 뭐 얼마나 들어갔겠습니까? 그리고 단골손님들도 별로 없는 눈치던데요."

"무슨 소리야. 저녁때면 바글바글하던데."

"그랬나? 아무튼 혜리씨 언니가 적당히 받아달라고 해서 그냥 적당한 선에서 마무리 지었어요. 막말로 재건축 들어가면 권리금 말도 못 꺼내요. 이주비나 조금 받을 수 있을 텐데요. 새로 들어온 사람들도 그런저런 사정 다 알고 들어오는 거예요."

"새 주인은 횡재한 셈이네."

"그래도 몇백은 내놨어요. 그리고 아저씨, 앞으로 다른 사람 일에 간섭하지 마세요. 아무튼 아저씨랑 아주머니는 오피스텔 사람들 일에 그렇게 발 벗고 나서지 마세요."

"무슨 소리야. 나 먹고살기도 바빠."

"하이고, 날아가는 새가 웃겠습니다."

재준은 창범이 대꾸하기도 전에 도망간다. 창범은 재준의 뒤꽁무니를 쳐다본다. 재준이 주차장 쪽으로 황급하게 달려간다. 창범이 주차장 쪽으로 눈길을 준다. 설마리의 건물주인 이안이 벤츠에서 내리고 있다. 흰 머리카락 한 올 없는 흑발에 곧은 몸이다. 팔순이 넘었다는데 환갑 정도로밖에 보이지 않는다. 돈이 좋긴 좋다. 창범은 슈퍼 문이 열리는 바람에 고개를 돌린다. 미연이다. 찬 바람이 불기 시작하는데 그녀는 여전히 미니스커트 차림이다.

"오늘은 늦게 나가네."

"아니에요. 볼일 보고 들어오는 길이에요. 오늘 쉬는 날이거든요."

미연이 들고 온 물건들은 요리를 위한 재료들이다. 무, 파, 청양고추, 고추장, 다듬어놓은 생선, 두부…….

"밥해 먹어?"

"저는 뭐 매일 사 먹기만 하는 줄 아세요?"

미연이 진열대를 돌아다니며 말한다. 그녀는 소주도 두 병 산다. 계산을 끝낸 미연이 봉투를 들고 나간다.

"잔돈……."

미연이 잔돈을 날름 받아 챙긴다. 의외의 일이다. 예전의 미연은 잔돈을 취급도 하지 않았다. 뭘 사든 언제나 만 원짜리를 내밀었고 잔돈이 오천 원 아래면 팁이라며 거슬러 받질 않았다. 웬만한 남자들보다 배포가 크다. 뭐든 샀다 하면 넘치도록 샀다. 알뜰해진다는 건 좋은 일이다. 남자가 생겼다는 말이기도 하다. 1년 전쯤인가 그녀의 집에 남자가 드나들 때도 알뜰했다. 창범은 그녀의 남자가 누군지 대충 짐작이 간다. 미연이 엉덩이를 흔들며 슈퍼를 나간다.

창범은 미연이 오피스텔 안으로 사라진 후 폰을 꺼내 든다. 오늘 고등학교 동창 모임이 있다. 하지만 오늘도 불참이다. 설마리 슈퍼를 하기 전에 동창회에 나가봤으니 못 나간 게 13년쯤 된 거 같다. 지금의 삶은 그냥 기계적인 삶 그 이상도 이하도 아니다. 하긴 말자도 마찬가지다. 창범은 책상 아래 숨겨놓은 소주병을 꺼내 잔에 반쯤 따른다. 다시 소주병 마개를 닫고 제자리에 둔 후 천하장사 소시지 하나를 꺼내 든다. 잔을 비우고 소시지를 씹어 먹는다. 창범이 어렸을 땐 소시지도 맘대로 먹을 수 없었다. 비싸기도 했고 형제도 많아 반찬이라고 해놓으면 한 점 집어 먹을 수 있을까 말까 했다. 창범은 진열대 쪽으로 눈길을 주었다. 진열대 물건들은 예전과는 비교가 되지 않을 정도로 화려하고 다양했지만 사는 게 화려하고 다양해졌는지는 모르겠다는 생각이 든다. 창범이 천하장사 소시지 껍질을 버리고 돌아서는데 빗자루를 든 인호가 들어온다. 그는 볶음 김치와 김밥 두 줄 그리고 바나나 우유를 산다.

"요즘 일 많아?"

인호가 힐끔 창범을 쳐다본다. 검은자가 작고 흰자가 많아 그 눈빛이 섬뜩했다.

"요즘 다들 경기가 안 좋지. 이삿짐 나르는 회사도 어려울 거야."

이번에도 인호는 말없이 고개만 끄덕거린다.

오피스텔로 올라간 미연은 207호로 향한다. 호두의 방 앞에서 미연은 잠시 호흡을 가다듬은 후 초인종을 누른다. 초인종이 울리자마자 문이 와락 열린다. 담배 냄새가 물씬 난다.

"담배 좀 작작 피우세요."

"일에 몰두해 있으면 나도 모르게 담배를 많이 피우게 돼요. 그런데 어쩐 일로?"

호두는 미연의 등장에 마음이 싱숭생숭하다. 넘어가 줄 듯하면서도 단호하게 선을 긋던 미연이었다. 취재하는 내내 애간장을 태웠지만, 결코 몸을 허락하지 않았다.

"쉬는 날 보충취재 해달라면서요?"

미연은 호두가 막고 있는 현관을 밀고 들어간다. 호두는 복도를 살핀다. 출근하는 찰리가 잠깐 호두를 쳐다본다. 계단에서 올라오는 혜정도 보인다. 호두는 괜히 얼굴이 달아오른다.

미연은 주방에 서서 채소를 다듬는다.

"오늘은 제가 요리해드릴게요."

"아, 아닙니다. 제가 대접을 해드려야죠."

"가만 계세요."

미연의 목소리가 단호하다. 그녀는 마치 제 살림인 듯 칼을 꺼내고 도마를 깔고 냄비에 물을 채운 후 가스레인지 위에 올려놓는다. 호두는 소파에 앉아 무심결에 담배를 물다가 내려놓는다.

"취재료 같은 건 주는 거죠?"

"당연히 드려야죠."

"제가 며칠이나 왔었죠?"

"오늘까지 네 번 오셨는데요."

"네 번이면……. 보통 나랑 하루 자면 25만 원 받거든요. 하지만 잔 건 아니니까 그냥 귀지방에서 30분 서비스해주면 5만 원씩 받는데 그걸로 계산하면 20만 원이면 되겠네요."

무를 썰던 미연이 홱 고개를 돌린다. 호두가 소파에서 벌떡 일어난다.

"농담이에요. 대신 정말 처절하게 그리고 슬프고 아름답게 잘 써줘야 해요. 내가 오늘은 진짜 내 이야기를 해드릴 테니까."

주방을 향해 고개를 돌린 미연의 눈가에 눈물이 글썽인다. 호두는 가만히 앉아 있기가 불편해 수저도 챙기고 재떨이도 비우고 테이블도 닦는다.

유리 테이블 위에 상이 차려졌다. 소주병도 놓였다. 호두는 보이스레코더를 준비한다.

"오늘 제가 어디 다녀온 줄 아세요?"

"잘 모르겠습니다."

호두는 긴장한다. 미연이 길게 한숨을 내쉰다.

"실은 오늘 엄마 화장하고 오는 길이에요."

호두는 미연의 말이 얼른 이해되지 않는다. 미연의 옷차림 때문이다. 짧고 화려한 게 거의 날라리 수준이다.

"화장이라면……."

"엄마가 죽었어요."

미연의 눈에 고여 있던 눈물이 주르르 흘러내린다. 호두는 슬그머니 숟가락을 내려놓는다. 밥 먹을 기분이 아니다. 호두는 조용히 술잔에 소주를 따른다. 그러곤 그녀 앞에 밀어놓는다. 미연은 술 한 잔 털어 넣고 눈물을 훔친다. 보이스레코더

불빛이 반짝거린다.

"화장터에서도 눈물 한 방울 안 흘렸는데……."

미연은 기지촌에서 자랐다. 엄마는 색시 장사를 했다. 아빠에 대해서 아무것도 가르쳐주지 않았기에 아빠에 대해선 모른다. 미연은 여장부인 엄마와 드센 여자들 사이에서 자랐다. 미연은 엄마의 강압에 못 이겨 서울로 올라왔다. 하지만 미연은 금방 공부를 때려치웠다. 애초 공부에 취미도 없을뿐더러 화장품과 향수와 남자가 더 좋았던 탓이다. 기지촌이 몰락하자 엄마에게서 올라오던 돈이 끊겼다. 미연은 자신이 가장 잘하는 일을 해서 돈을 벌고 싶었다. 예쁘게 화장하고 야릇한 냄새를 풍기며 남자들을 유혹하는 일이 가장 재미있었다. 미연의 술집 생활은 그렇게 시작되었다. 돈도 모아봤고 사랑도 해봤고 배신도 당해봤고 이별도 해봤다. 나이 든 후엔 술도 지겹고 찾는 남자들도 드물어 귀지방으로 옮겼다. 술을 마시지 않아도 좋았고 남자들 귓구멍만 들여다보면 되는 일이었다. 가끔 넘치는 요구를 하지만 거절한다. 어쩌다 맘에 드는 남자가 오기도 하지만 다 부질없는 짓이다. 밤새는 건 비슷하지만 아침이 되면 술집에 다닐 때보단 뿌듯했다. 그런데 요즘 들어 사느라고 했던 모든 일이 부질없게 느껴졌다. 사랑하지 않아도 사랑해주는 남자 만나 아이 낳고 평범하게 살아보고 싶었다. 그리고 실은 그게 가장 어려운 삶이라고 미연은 생각했다.

"……암이었어요. 요즘 암 흔하잖아요. 병원에선 통증이 대단했을 거라고 그랬는데 엄만 원래 건강하기도 했지만 무서울 정도로 참는 성격이에요. 그러니까 드센 여자들 호령하며 살았겠지만. 말기에 발견이 됐어요. 병원에 입원했다는 연락받은 게 한 달 전인데 갑자기 감기에 걸리더니 그만 돌아가시지 뭐예요."

미연은 마른 울음을 흘린다. 호두는 안절부절못한다.

"이럴 땐 어깨도 감싸주고 그러는 거예요."

호두는 소파에 앉아 있는 그녀 곁으로 자리를 옮긴다. 그녀의 어깨 위에 팔을 얹는다. 어설프다. 미연이 그의 손을 잡아끈다. 그녀가 호두의 가슴에 얼굴을 묻는다. 그리고 소리 내어 운다. 호두는 슬쩍 보이스레코더를 끈다.

"그 평범하게 살고 싶다는 꿈, 그거 내가 이뤄주면 안 되나요?"

호두가 미연의 얼굴을 든다. 눈물 젖은 미연의 눈이 반짝인다.

"조금만 기다려요. 이 소설 대박 나면 그땐 이런 데서 안 살아도 돼요. 이 소설 분명 대박 나요. 우리나라에 그런 곳에서 일하는 여자가 몇 명이나 되는 줄 아세요? 술집, 귀지방, 키스방, 발가락방, 마사지숍, 이백만 명이 넘어요. 이백만 명……."

"그렇게나 많아요?"

호두는 미연을 꼭 끌어안는다. 소설이란 게 별건가, 이야기로 사람들 울고 웃게 만들면 그게 소설 아니던가.

"미연씨 내가 행복하게 만들어 줄게요."

호두는 그녀의 빨간 입술을 바라보며 맹세한다.

그러게, 산다는 게 별건가. 이안 그렇지 않은가. 살아보니 어떻던가? 그런데 왜 저 친구가 하는 말은 미덥지 않은지 모르겠군. 내가 비밀 하나 말해줄까? 아마 미연이라는 처자도 모르는 일일 걸세. 죽었다는 그 엄마가 실은 계모네. 내가 그걸 어떻게 아냐고? 자넨 모르겠지. 친모하고 계모하고 여기까지 왔었으니까. 친모가 몰래 미연이라는 처자만 살짝 보고 갔지. 친모는 아직 살아 있을지도 모르네. 뭐 어느 쪽이든 별반 도움이 안 될 엄마들이긴 하지만. 그래도 살아 있는 게 좋지 않겠는가. 인간이 본래 외로운 존재라지만 그래도 잠깐이라도 의지할 수 있는 누군가 있는 게 좋겠지. 호두라는 남자는 아닌데. 전에도 말했지만 40년 동안 여기서 인연이 맺어진 커플이 잘 사는 걸 본 적이 없네.

12

말자는 낙엽을 쓸고 있었다. 한 떼의 청년들이 우르르 슈퍼로 들어갔다. 청년들 무리 속에 동민이 있다. 청년들은 하나같이 동민처럼 몸매가 호리호리했고 얼굴도 희었다. 동민과 청년들은 음료수 냉장고 앞에 서서 속닥거리더니 소주 다섯 병과 캔 맥주 다섯 개, 그리고 오징어와 믹스너트를 계산대 위에 올려놓는다.

"대낮부터 술 마시려고?"

동민은 말자의 말에 대꾸하지 않는다. 다른 청년이 나서서 말자의 말을 받는다.

"술을 먹든 밥을 먹든 상관할 일이 아니잖습니까."

어떻게 된 게 하나같이 싸가지가 없다. 말자는 물건들을 거칠게 봉투에 담는다.

"봉투 값 20원이야."

동민의 눈에 힘이 들어갔고 커진다. 말자도 눈을 동그랗게 뜨고 그를 쳐다본다. 돈은 정확하게 사 등분 해서 치른다. 말자는 청년들을 보며 좀팽이들이라고 속으로 중얼거린다. 동민과 청년들이 슈퍼를 나간 후 말자도 슈퍼 앞으로 나간다. 마침 창범이 내려온다. 동민 패거리는 오피스텔로 올라간다. 창범이 동민을 아는 체하지만 그는 홱 지나간다.

"저놈은 집에 지 애비도 없나."

창범이 투덜거린다.

"원래 그런 놈이잖아요. 말 붙이기가 무섭다니까. 많이 배우면 뭐 해. 싸가지가 없는 걸."

"그런데 재네들 뭐 사 갔어?"

"술이요. 203호 저놈은 요즘 학원에 안 나가나 봐요."

"뭐 요즘 사교육 뿌리 뽑는다고 난리라 학원들도 힘든 모양이던데. 아마 그래서 잘렸겠지. 내가 원장이어도 저런 싸가지 없는 놈부터 자르겠네."

말자가 돈 가방을 들고 전동차 역사 쪽으로 걸어간다. 은행에 입금할 돈이다. 창범은 말자가 사라지는 걸 본 후 계산대 아래 숨겨놓았던 소주병을 꺼내 컵에 절반을 따른다. 소시지 하나를 들고 비닐 껍질을 벗긴다. 술을 단숨에 들이켠 후 소시지를 와작와작 씹어먹는다. 더부룩했던 속이 좀 편해지는 것 같다. 창범은 담배 한 개비를 들고나와 파란색 플라스틱 의자에 앉아 불을 붙인다. 그 양반 감기 들었나 봐요. 창범은 아침에 재준에게 들은 이야기를 생각한다. 지하실에 사는 상훈이 이야기다. 창범은 얼른 죽 몇 개와 소주 한 병, 그리고 과일 통조림을 챙겨 봉투에 넣는다. 마침 말자가 돌아온다.

"어디 가게요?"

"배달이야."

"아무튼 쥐꼬리만큼 버는 것들이 꼭 배달을 시켜요."

말자는 투덜거리며 컴퓨터를 켠다. 말자는 맞고가 여전히 재미있다. 창범은 말자를 뒤로 하고 지하실로 향한다. 말자는 맞고에 정신이 팔려 창범이 어디로 가는지 보지 못한다.

지하실은 언제나 축축하다. 주차장으로 쓰던 지하이지만 차를 몰고 다니는 사람들이 없어 지하는 통째로 커다란 창고로 변했다. 설마리 사람들이 몰고 다니는 차라곤 대여섯 대가 전부다. 구석마다 설마리에 살던 사람들이 버린 물건들이 똥처럼 쌓여 있다. 창범은 희미하게 불을 밝힌 상훈의 방으로 향한다. 상훈은 지하실을 쓰는 대신 빈방을 청소해주고 푼돈이나 받는다고 했다. 창범이 문을 노크한다. 안에서 부스럭거리는 소리가 들린다. 문이 열린다. 지하실에서 보는 그의 얼굴은 햇빛 아래에서 보는 것보다 더 창백하다.

"어쩐 일이세요?"

"감기 들었다면서? 뭐 좀 먹기나 했어?"

창범이 상훈의 방으로 들어선다. 어둔 방이 눈에 익자 창범은 놀라 입을 벌린다. 어마어마한 양의 책 때문이다. 한쪽 구석에 야전 침대가 놓여있다. 야전 침대 앞에 전기 히터와 갈색 테이블과 소파가 있고 그 곁에 작은 책상과 컴퓨터도 한 대 있다. 출입문 쪽에 그릇과 냄비들이 있을 뿐 나머지 공간은 모두 책이 차지하고 있었다. 벽 전체가 책으로 도배되어 있었고 발이 닿는 곳이면 책이 쌓여 있었다. 창범은 휴대용 가스레인지에 냄비를 올려놓고 죽을 데운다.

"혼자 살 때 가장 서러운 건 아플 때야. 그럴수록 잘 먹어야지."

"안 그러셔도 되는데……. 아저씨 매번 고마워요."

상훈이 기침을 한다. 창범은 도서관이나 다름없는 상훈의 방을 둘러본다.

"무슨 책이 이렇게 많아?"

"뭐, 살던 사람들이 버리고 간 것도 있고 제가 산 책들도 있고 그렇죠."

"여기 있는 책 다 읽었어?"

"대충요."

창범이 죽을 그릇에 옮겨 테이블 위에 올려놓는다. 창범은 소주를 꺼낸다. 잔이 없어 물 잔으로 대신한다.

"한 잔 줄까?"

상훈이 손사래를 친다. 창범이 단숨에 잔을 비운다.

"여기 오기 전엔 뭐했어?"

상훈이 슬그머니 숟가락을 내려놓는다.

"그냥 이것저것요."

"내가 사람 보는 눈이 좀 있는데……. 혹시 글 같은 거 쓰는가?"

상훈은 그 질문엔 대답하지 않는다. 그의 기침이 터져 나온다. 창범은 한 잔 더 비운 후 그의 방에서 나온다. 창범은 그의 방을 나오며 생각한다. 필경 글쟁이 냄새가 나. 호두라는 놈보다 더 진한.

슈퍼 노인은 사람 보는 눈이 있네. 인간이 아주 은밀하게 뭘 해도 티가 나기 마련 아닌가.

한 가지 일을 오래 한 사람들에겐 특유의 냄새가 나

네. 상훈이라는 청년에게서도 마른 나무 냄새 같은 게 나지. 슈퍼 노인에게선 다이알 비누 냄새가 나지. 자네 생각나는가. 나를 짓고 한동안 여기 살 때 다이알 비누만 죽어라 쓰지 않았는가. 지금 다이알 비누라는 비누가 있기는 있는가? 그 비누가 그때도 다른 비누들에 비해서 저렴했지. 자네 부인이 다른 비누라도 사 오면 불같이 화를 내고 그랬잖은가. 다이알 비누 냄새가 뭐냐고? 그건 말이네. 오래되었지만 어느 땐 상큼한 냄새도 나고 별로 물리지도 않고 익숙하고 오래된 고전 책에서 나는 냄새 같은 거네. 혹시 자네 아직도 다이알 비누를 쓰는가. 지금은 아마 비누 중에 가장 저렴할 걸세. 슈퍼에도 다이알 비누가 있더군. 자네 같은 노랑이에 어울리는 냄새지.

마른 나무 냄새? 그건 외롭고 슬프고 그런 냄새네. 갑자기 지난 순간 중에 가슴 아팠던 기억이 떠올라 코끝이 찡해지는 그 순간의 냄새, 살비듬 다 떨어진 후 살에서 나는 그런 냄새이기도 하지. 미안하지만 이제 자네에게선 냄새가 나지 않네. 사람에 대한 애정이 식어서 그런 건지도 모르지. 누군가를 미워하기도 하고 좋아하기도 해야 냄새가 나는 거 같네. 내가 참하게 봤던 소희라는 아가씨 있지 않은가? 그 아가씨한테선 볶은 땅콩 냄새가 났네. 인간의 냄새도 얼굴만큼이나 다 다르다는 거 자네도 알지 않은가. 자네에게선 이제 냄새가 나지 않는 걸 보면 더 이상 인간적 삶을 살지 않아 그런 건지도 모르지. 늙었지만 누군가를 좋아해보게. 다시 냄새가 피어날지도. 아님 죽도록 미워해보든가.

13

동민은 소주잔을 들고 홀짝인다. 소주는 도무지 쓰고 맛이 없다.

"우리 계속해서 이렇게 당하며 살 순 없지 않습니까?"

학원 문제다. 원장이 일방적으로 강사 몇 명을 잘랐는데 그 잘린 사람들이 모인 자리다. 동민은 받지 못한 급여를 받으러 학원에 들렀다가 학원 앞에서 서성이던 그들을 만나 이렇게 의기투합해 몰려온 것이다. 집까지 올 건 아니었는데, 걷다 보니 자연스럽게 동민의 집으로 들어왔다. 학원 인근에는 눈이 많다는 이유와 다들 멀리 산다는 핑계에 떠밀려 결국 동민의 집이 모함의 장소가 되었다. 동민은 자꾸만 엉덩이가 들썩거린다. 과자부스러기에 소주라니, 동민의 사전에는 없는 이야기다. 적당히 말하고 내쫓을 계산이었는데 이 작자들은 술판까지 벌였다. 후회막급이다.

"우리가 근로 계약서를 쓴 것도 아니니까 원장을 법적으로 몰아붙일 순 없습니다."

"그러니까 다른 방법을 찾자고 우리가 모인 거 아닙니까."

동민이 잔을 돌린다. 영어 강사가 술잔을 채운다.

"다른 방법이요? 우린 법적으로 보호 못 받는 직업입니다. 정부에서도 천대시한다 이 말입니다. 사교육 없애겠다고 다들 난린데 누가 우리 이야기를 들어주기나 할 것 같습니까?"

"선생님, 왜 자꾸 그런 쓸데없는 소리만 하십니까? 우리가 모인 건 미래에 대해 말하자는 겁니다. 막말로 우리 다섯 명이 우리 내몬 학원 앞에다 다른 학원이라도 세우자, 뭐 그런 진취적인 이야기를 하자고 모인 거란 말입니다."

수학 강사인 그의 목소리가 방에 가득 찬다. 학원 강사 100명의 대형 학원이었다. 학원생들이 수천 명에 이른다. 매출액이 어지간한 중소기업 못지않다. 원장은 제왕이다. 저희끼리 모여 수군거리긴 하지만 누구 하나 앞에 나서서 그의 말에 반기를 든 강사는 없다. 그가 강사를 자르는 데엔 몇 가지 원칙이 있다. 아이들에게 인기가 없다, 실력이 형편없다, 불만이 많다. 원장의 입장에서 보자면 충분히 자를 수 있는 요인이다. 하지만 실력이 형편없어도 아이들에게 인기만 있다면 장수하는 걸 보면 그 기준이 실력 위주는 아니다. 반대로 실력은 월등하지만, 아이들에게 인기가 없는 강사는 잘린다. 한 마디로 원장 맘에 들어야 오래 갈 수 있다. 동민은 이미 오래전에 그런 그를 간파하고 있었다. 원장에게 대항할 방법이 없다는 것도 알고 있다. 부질없는 짓이다. 동민은 요즘 다른 학원을 알아보고 있다. 이들에게 휩쓸려 오피스텔까지 제공한 자신이 한심스럽다. 우유부단한 탓이다. 동민이 잘린 건 흑과 백을 분명하지 못했기 때문이다. 원장은 줏대가 없는 사람도 싫어하는 눈치였다.

"그래서 어쩌자는 겁니까?"

"말 그대로 학원을 점거하자 이겁니다. 설령 우리가 복직되지 못한다고 하더라도 전례를 남겨 원장이나 다른 학원에서도 강사들을 우습게 보지 못하게 만들자는 겁니다."

학원을 점거하자는 측과 다른 방법을 찾자는 측의 반론이 빙빙 돈다. 한 시간도 채 지나지 않아 소주는 바닥이 났다. 맥주가 돌았다. 오징어가 찢어졌다. 동민은 그들이 어서 돌아가기만을 바랐다.

"동민씨도 말 한번 해보세요."

수학 강사가 동민을 재촉한다.

"전 그 학원에 들어간 지도 얼마 안 되고 원장 성향도 잘 몰라서 무슨 말을 해야 할지……."

동민은 대답을 회피한다. 어차피 학원 생활 오래 할 생각이 없다. 아버지가 죽으면 유산이 제법 생긴다. 아버진 지금 말기 폐암으로 투병 중이다. 갈 날이 머지않았다. 유산을 받을 사람은 동민이 유일하다. 아버지의 유산이면 서울에 아파트 한 채 장만하고 신촌이나 홍대 등에 근사한 술집 하나 운영할 정도는 된다. 그걸 키워 전국적인 체인점으로 만드는 게 꿈이다. 상호도 정해 놨다. '멜랑꼬리'. 동민이 허름한 오피스텔에 살면서 학원을 나가는 건 아버지에게 열심히 살고 있다는 걸 보여주기 위한 쇼다. 달리 하고 싶은 일도 없었고 대학생 시절에 알바 삼아 학원을 나간 일이 있었는데 시간도 넉넉하게 쓸 수 있는 점 때문에 그 일을 택했을 뿐이다.

"동민씨, 그래서 동민씨가 잘린 겁니다. 우리 사회는 우유부단한 사람을 원하지 않습니다. 흑이면 흑이고 백이면 백입니다. 이 사회가 병이 드는 것도 그런 정신 때문입니다. 젊은 사람이 왜 그럽니까. 줏대라고는 눈 씻고 찾아보려야 찾을 수가 없어."

수학 강사의 눈이 게슴츠레하다. 그의 입이 쉬지 않고 삐

죽거린다. 동민이 술잔을 들고 조용히 자리에서 일어선다. 나머지 강사들이 모두 동민을 올려다본다. 동민이 가장 싫어하는 말이 '우유부단'이다. 이젠 그 우유부단을 끝내야 할 때가 되었다. 언제까지 상황의 반전을 기대하고 기다린단 말인가. 동민은 빙긋 웃더니 수학 강사에게 술을 확 뿌린다.

"나는 더 이상 당신들 같은 패배자들하고 어울리고 싶지 않아. 아주 지긋지긋해. 학원 좀 잘린 게 어때서? 실력이 없으면 당연히 잘리는 거 아냐? 그러면 실력을 키우든가 하면 되지. 학원을 점거해? 웃기는 소리하고 자빠졌네. 거기가 공장이야?"

눈을 비비던 수학 강사가 겨우 눈을 뜬다.

"뭐야, 너 이 새끼 말 다했어? 뭐, 패배자들! 너는 새끼야 뭔데?"

"난 시간이 남아서 잠깐 놀러 다닌 거야. 몰랐어?"

수학 강사의 주먹이 날아온다. 동민은 그의 주먹을 가볍게 피한다. 바닥에 깔려 있던 술병이 쓰러진다. 캔 맥주가 엎어지며 맥주가 바닥을 적신다. 다른 강사들이 일어나 동민과 수학 강사를 말린다.

"네 놈이 배를 덜 곯아봤구나."

"아무튼 없는 것들은 꼭 지랄을 떨어요."

동민은 빈정거린다. 그게 자신의 마음에 든다. 가슴 속에 자존감이 꾸역꾸역 채워진다. 동민이 미소 지은 입가를 훔칠 때 수학 강사가 옆의 강사를 밀치고 그에게 달려든다. 동민과 수학 강사가 쓰러진다. 서로 주먹질을 한다. 다른 강사들은 둘을 뜯어낸다. 동민의 입술이 터졌고 수학 강사의 코에서 피가 난다.

"꺼져! 거지 같은 새끼들!"

동민은 눈앞의 맥주를 힘껏 걷어찬다. 캔이 날아가면서 방 안에 맥주를 뿌린다.

"점심을 레스토랑에 가서 처먹을 때부터 알아봤어야 했는데……."

수학 강사가 앞서고 나머지 강사들이 뒤따른다. 동민은 모처럼 내뱉고 싶었던 말을 다 내뱉고 나니 속이 시원하다.

내가 관여할 바는 아니네만, 가끔 하늘도 보는가? 자네가 동민이라는 청년을 만날 일이 있으려나 모르겠지만 하늘도 가끔 보며 살라고 말해주시게. 쯧쯧, 내가 괜한 소리를 했네. 자네조차 하늘을 보지 않는데 충고라니. 요즘 젊은것들이 늙은이 충고를 듣기나 하겠는가. 자신들이 잘나서 젊은 게 아니고 우리가 못나서 늙은 게 아니건만. 모든 인간이 젊은 시절을 지나 늙어지는 것인데. 아등바등 살아봐야, 지독하게 살건 더럽게 살아도 결국 도착하는 종착지는 같지 않다는 걸

동민은 방안을 둘러본 후 가방을 들고 나간다. 그들의 모함에 동조한 자신이 한심스럽다. 아버지가 보았다면 여전히 우유부단하다고 말할까.

'꼰대가 모두 기부한다고 해도 절반은 나한테 돌아온다는데, 내가 이게 무슨 궁상인지 모르겠다.'

동민은 문을 세차게 닫는다. 저녁을 챙기러 올라왔던 말자가 놀라 눈을 동그랗게 뜬다. 동민은 말자와 눈도 마주치지 않고 지나친다.

"아, 재수 없어!"

동민은 계단에 침을 찍 뱉은 후 내려간다.

한낱 물질인 주제에 사람을 평가할 마음은 없네. 어떤 평가도 옳을 수 없는 일이고. 같이 사는 부부도 상대의 속을 모르는 판국에 사람도 아닌 내가 어찌 인간을 속을 들여다볼 수 있겠는가. 그래도 동민이라는 청년에 대해선 한마디 하지 않을 수가 없네. 자네 기사 보았는가?

어떤 신문에 나왔던 기산데……. 누군가 버린 신문 쪼가리가 바람이 불어서 담벼락에 달라붙어 보게 된 기사였네. 좀 부유하게 사는 집안인 모양인데 할아버지뻘 되는 운전기사에게 초등학교 6학년 여자아이가 막말을 했더군. 기술도 없고 학벌도 없으니까 운전이나 하는 거 아니냐고도 그러고 친하게 지낼까 싶어 말을 걸었더니 늙은이는 운전이나 잘하라고 핀잔주고 이제 겨우 초등학교 6학년생인데 천만 원 가까이 돈 들여서 생일잔치를 해주었다는 기살세. 돈은 인간을 타락시키고 그렇게 천박하게 만드는 모양이네. 안타까운 건 그런 인간들이 자신이 천박하다는 걸 모른다는 점이네. 40년 동안 한 번도 들어본 적이 없는데……. 자네 부인이나 아이들은 있는가? 한 번도 본 적이 없으니 원. 사람이 어쩜 그렇게 지독할 수 있는가. 아이들이 있다면 저 청년처럼 만들진 말게. 죽는 순간 그 짧은 평생을 후회하지 않도록 만들어두시게.

14

요란한 사이렌 소리에 창범이 슈퍼 밖으로 튀어 나간다. 구급차가 아니다. 경광등을 단 승합차다. 경찰? 승합차 문이 열리자 건장한 남자들이 뛰어내린다.

"빨리, 빨리! 김 형사랑 오 형사는 뒤쪽 계단 맡아!"

네 명이 오피스텔 정문 쪽으로 뛰어 올라가고 두 사람은 건물 뒤편으로 뛰어간다. 사이렌 소리에 놀란 가게 주인들도 슈퍼 앞으로 모여든다.

"무슨 일이래요?"

미용실을 새로 연 민주가 묻는다.

"몰라요. 갑자기 형사들이 들이닥쳤어요."

철물점 장호가 코를 후비며 다가온다.

“또 어느 놈이 사고 친 거지. 아무튼 우리 오피스텔은 바람 잘 날이 없어요.”

창범은 구경꾼들을 둘러본다. 가게를 하는 사람들은 거의 모두 나와 있다. 오피스텔에서 말자도 내려온다.

“무슨 일이야? 형사들이 210호 앞에 서 있던데?”

“210호요?”

장호가 끼어든다.

“이삿짐 나르는 인호 방이잖아.”

“맞아, 인호.”

구경꾼들은 서로 수군거린다. 처음 볼 때부터 범죄자 분위기가 풍겼다는 표정들이다. 하지만 창범은 인호를 좋게 봤다. 창범이 가게 문을 여는 새벽에 일을 나가는 건 인호뿐이었다. 그리고 그는 언제나 깍듯했다. 무거운 짐을 옮길 때 그냥 지나치지 않았고 누구에게나 친절했다. 담배도 안 피웠고 술도 마시지 않았다. 깔아놓은 외상도 없다. 슈퍼에 여자들이 있으면 잘 들어오지 않을 정도로 숫기가 없는 사람이었다.

잠시 후 인호가 형사들에게 끌려 나왔다. 그의 손엔 수갑이 채워져 있다. 인호는 고개를 푹 숙였다. 모자까지 쓰고 있어 인호의 얼굴이 보이지 않는다. 장호가 형사에게 다가든다.

“무슨 일이죠? 이 친구 성실한 사람인데.”

가장 욕을 많이 하던 장호가 인호를 두둔한다.

"몰라도 됩니다. 그냥 용의자니까."

형사는 인호를 승합차에 태운 후 오피스텔 앞에 도착할 때처럼 요란하게 사라진다. 승합차가 떠난 자리에 낙엽들이 맴돈다.

믿을 수가 없군. 이안, 자네 그 청년의 방에 들어가본 적이 있는가? 없겠지. 그런 인간들과는 내외하지 않으니. 그 친구 방은 지금까지 내 몸에 둥지를 튼 어떤 청년의 방보다 깔끔하고 깨끗했네. 나는 그 인간의 됨됨이나 정신머리를 볼 때 화장실을 본다네. 자네도 그렇지만. 남자들만 사는 집 화장실을 보면 변기 주변에 누렇게 찌든 오줌 자국들이 가득하지. 하루도 거르지 않고 매일 깨끗하게 청소하고 닦아내는 청년은 그 친구가 유일할 걸세. 싱크대도 얼마나 정갈하게 관리하는 줄 아는가? 책상 서랍 안은 또 어떻고. 볼펜이면 볼펜 연필, 잡동사니들을 가지런하게 간직하고 있네.

자넨 군대를 가지 않아서 잘 모르겠지만 군인들 내무반에 들어가보면 옷이며 물건들을 각지게 관리한다네. 관물자세라고 말하는데 인호 그 청년의 집이 그렇다네. 속옷, 바지, 셔츠, 티셔츠, 하다못해 손수건까지 얼마나 반듯하게 정리를 하는지 모르겠네. 아침에 일어나자마자 청소기를 돌리고 저녁에 자기 전엔 걸레질하는 청년이네. 좀 강박적인가? 사이코패스들이 그런다는군. 그럴지도 모르지. 하지만 자기 자신을 그토록 철저하게 관리하는 인간이 살인이라니. 놀랍고도 당황스러운 일이네. 40년 넘게 인간들을 내 몸에 담고 있었지만, 인간들이란 정말 알다가도 모를 동물들이네.

모두 13명이라고 하는데, 그중에 다른 2건은 엉뚱한 사람들을 범인으로 몰아 재판까지 받았고 지금까지도 형을 살고 있다는데 사실인가? 한 사람은 누명을 쓴 채 8년인가 교도소에 있다고 하니, 참. 그 친구의 억울함을 어찌 말로 다 할 수 있을까? 결백하다고 수만 번도 더 말했을 텐데……. 한 사건의 진범이 잡혔다는 사실이 알려지면서 어느 케이블 방송사가 억울하게 누명을 쓴 사람을 만나 인터뷰를 한 뉴스 봤는가? 말없이 눈물만 뚝뚝 흘리고 파르르 어깨를 떠는데 차마 볼 수 없더군. 나는 이제 인간을 이해하려고 노력하지 않겠네. 전 우주를 해석할 수는 있어도 한 인간조차 해석할 수 없다는 생각이 드네. 내가 그동안 너무 오만했다는 생각도 드네.

15

혜정은 슈퍼에서 사 온 삼각김밥을 베어 문 후 웹 서핑을 하고 있다. 포털 사이트 메인 화면에 올라온 새로운 소식들을 눈으로 훑다가 '설마리 오피스텔에서 희대의 살인마 검거.'라는 글귀를 발견한다.

혜정은 번쩍 눈을 뜬다. 클릭하자 얼굴을 푹 숙인 인호의 모습이 나타난다. 혜정은 눈을 부릅뜨고 기사를 읽는다. 모두 13명의 부녀자를 성폭행했으며 그들을 모두 살해해 12명은 군포의 한 야산에 묻었고 1명은 오피스텔 냉장고에 넣었다는 내용이었다. 냉장고에 들어 있는 여자는 '혜리 미용실' 여주인이었다. 혜정은 자신의 블로그 창을 띄웠다. 비공개 블로그였다. '남자들'이란 카테고리를 클릭한다. 수십 명의 남자 이름이 창에 뜬다. 화면을 아래로 끌어내리자 인호의 이름이 뜬다. 혜정은 인연 맺은 남자들을 꼼꼼하게 기록으로 남겼다.

'어린 왕자, 나의 라임 오렌지 나무, 호밀밭의 파수꾼, 마당을 나온 암탉……'

인호는 '마당을 나온 암탉'을 읽어줄 때 눈물까지 흘린 남자였다. 이렇게 그들이 읽어달라 요청한 책들을 기록하고 특이 사항들은 메모해 두었다. 그가 유일하게 심각한 모습으로 들었던 책은 동화나 청소년 소설이 아니라 잭 런던이라는 작가가 쓴, 이미 품절이 되어서 헌책방에서나 구할 수 있는『마틴 에덴』이라는 책이었다. 외양 어선 선원이 뒷골목에서 한 귀족 여인을 구한 뒤 그녀의 사랑을 얻기 위해 작가가 되기로 결심한 후 작가가 되기까지의 여정을 그린 무지막지하게 긴 소설이었다. 그 소설을 읽어줄 때 인호는 매번 두 배의 요금을 내기도 했다. 매일 저녁 10시부터 새벽 1시까지 세 시간씩 읽어서 한 달이 걸린 소설이었다. 이삿짐이나 나르는 인부가 잭 런던이라는 미국 소설가를 알고 있다는 사실도 신기했고,『마틴 에덴』을 읽어줄 때 눈을 감고 음미하는 그 모습이 학자 같아서 더더욱 인호에 대한 인상이 특별했는데 연쇄살인마라니.

게다가 인호는 조용하고 말이 없는 편이었다. 발뒤꿈치를 들고 걸었고 한여름에도 손과 얼굴만 나타낼 뿐 다른 피부는 보이지 않으려고 노력했다. 화상을 입었거나 상처가 있을 거리 짐작했다. 마음에 드는 문장을 읽어주면 조용히 되새김질하는 읊조리기도 했다.

'이런 인간이 정말 살인을 했다고?'

혜정은 진저리를 쳤다. 다리가 풀리고 기운이 빠졌다. 어쩌면 그 희생자 중에 자신이 포함될 수도 있었겠다는 생각이 들자 소름도 돋았다. 혜정은 인호의 기록을 삭제했다. 그때 조심스럽게 문을 노크하는 소리가 들렸다. 혜정은 깜짝 놀라 의자에서 벌떡 일어났다. 그녀는 감시 렌즈 구멍에 눈을 댔다. 철물점 장호였다. 그녀는 조심스럽게 문을 열었다.

"왜 이렇게 문을 늦게 열어."

장호가 복도를 살핀 후 재빨리 혜정의 방으로 들어갔다.

"무슨 일 있어?"

장호는 혜정에게 물었다. 멍한 눈으로 서 있는 혜정이 그제야 정신을 차리고 컴퓨터 전원을 껐다.

"아직도 엄마 소식 없어?"

엄마 정희는 사흘 전 전화 한 통을 해왔다. 일주일만 더 찾아보고 집으로 돌아오겠다는 전화였다. 돈을 부쳤다는 말과 잘 지내라는 말도 덧붙였다. 혜정은 장호에게 대꾸하지 않았다.

"오늘은 책 안 들고 왔어요?"

혜정이 재촉했다. 장호는 늘 시간에 쫓겼다. 부인과 같이 철물점을 운영하는 터라 짬내는 게 쉽지 않았다. 그래서 혜정의 방에 들어오기 무섭게 그녀를 재촉했고 책을 읽기 시작해서 10여 분은 지나야 비로소 편하게 소파에 등을 기대는 인간이었다. 그도 여느 남자들과 비슷하게 약간 독특했는데 속옷만 입은 채 혜정의 목소리 듣기를 원했다. 그런데 오늘 장호는 옷 벗을 생각을 하지 않는다. 대신 그는 바지 주머니에서 봉투를 하나 꺼낸다.

"이거 받아."

"뭔데요?"

"실은 마누라가 다 알아버렸어. 너 신고한다고 난리가 났었어. 내가 아무리 아니라고 우겨도……. 여자가 한번 오해하기 시작하면 그건 진실이 되는 거 같아 정말 무섭더라. 몰아붙이는 데 꼼짝을 못하겠더라고. 네가 책만 읽어줬다고 아무리 설명해도 믿지 않는 거야. 신고한다고 하는 걸 겨우 말렸는데."

"무슨 신고를 해요? 내가 아저씨랑 뭘 했다고."

"그러게 말이야. 넌 책 읽어주고 나는 조금씩 유식해진 거잖아. 지난번에 듣다가 만 그 거시기 『그들이 가지고 다닌 것들』 오늘은 그거 마저 듣기로 했다고 말해도 이 마누라가 도무지 믿질 않는 거야. 도대체 뭘 가지고 다닌 거냐고, 젊은 년이랑 뿜뿜뿜하고 지랄이라나.”

“뿜뿜뿜은 또 뭐예요?”

혜정은 피식 웃었다.

“낸들 알아. 거시기랑 비슷하게 쓰는 거 같아.”

혜정은 서서히 냉정을 되찾았다. 장호를 천천히 훑어봤다.

“그런데 이 돈은 뭐예요?”

“그러니까 뭐 위로금 같은 거야. 내 말은 그러니까…….”

“아저씨가 내 방에 와서 이야기를 듣긴 들었다, 그런데 결코 속옷만 입고 앉아서 변태처럼 들은 건 아니다, 다른 남자들처럼 그냥 소파에 앉아서 얌전하게 이야기만 듣다가 갔다? 말하자면 아저씨 마누라가 찾아왔을 때 그렇게 말해달라는 말?”

“그렇지! 아무튼 넌 눈치 하난 백 단이라니까. 우리 마누라 성질이 보통이 아니잖아. 잘 달래서 안 찾아올 가능성이 더 커. 하지만 만약에 찾아오게 되면 그렇게 좀 말해달라는 거지. 그리고 꼭 굳이 ‘속옷만 입고 앉아서 변태처럼 들은 건 아니다’라는 말을 해야겠니? 우리 마누라 속옷이라는 말에 진짜 민감하거든. 혜정아 나 네 덕에 진짜 유식해졌는데 이건 어떻게 해결할 수가 없겠더라. 잘 좀 부탁해. 어려운 일 아니지?"

혜정은 팔짱을 꼈다. 곰곰 생각해보니 장호는 칠칠맞은 구석이 많았다. 가슴팍에 물을 질질 흘리며 들이켰고 담배를 거꾸로 물고 빨아대기도 했다. 티셔츠 하나를 벗을 때에도 뒤집어 벗은 후 입을 땐 뒤집힌 채 입는 일도 다반사고, 가끔은 휴대폰을 두고 돌아간 일도 있었다. 발각될 소지가 컸다. 하지만 책 읽어주는 일은 발각되어도 크게 문제가 될 건 없었다. 혜정이 여자이고 어리다는 게 문제였다. 다만 책 읽어주는 여자가, 다른 여자들이 상상하는 뿜뿜뿜의 상대가 누구라는 것까진 말하지 않았을 것이라는 생각이 들었다. 칠칠맞은 놈이 입도 싼 편이긴 하지만 그래도 인간적 의리가 있을 거라 믿었다. 혜정은 장호가 내민 돈을 챙긴다.

"확실해요? 아저씨 아줌마가 찾아오지 않을 거라는 거?"

"거의 확실해. 내가 손이 발이 되도록 빌었으니까. 그리고 네 상황도 다 설명해줬거든. 아빠가 바람나 집 나간 거랑 엄마가 네 아빠 찾아 나간 거랑 말이야. 실은 네 엄마도 바람난 거 같다고 말했지. 그러니까 네가 믿고 살 데가 없어서 나를……."

혜정인 그의 얼굴 위로 돈을 뿌렸다. 아빠와 엄마가 없는 삶이 얼마나 평온하고 아늑한지 그는 모른다. 일찍 일찍 다녀라, 본드 같은 거 하지 마라, 담배 피우지 마라, 남자 사귀지 마라, 공부 좀 해라……. 혜정은 애정 없는 그 억압으로부터 해방되고 싶었다. 마침 아빠가 가출했고 엄마도 덩달아 집을 나갔다. 차라리 두 사람이 안 들어왔으면 싶었다. 월세도 혼자 해결할 수 있을 만큼 벌었다.

"꺼져!"

장호는 머리를 긁적이며 방을 빠져나갔다. 혜정인 닫힌 문을 향해 냅다 컵을 던진다.

자네 장호가 박사 학위까지 있다는 거 아는가? 장호가 누구한테도 말하지 않았을 걸세. 철물점이나 하고 있으니까. 어느 날 방구석에 앉아 몰래 박사학위증을 들여다보더군. 장호를 보니까 옛날보다 세상 살기가 각박해졌다는 생각이 드네. 내가 지어지던 70년대만 해도 박사는 귀하지 않았는가. 박사만 따면 그래도 대학교 교수 노릇은 충분히 하고도 남았지. 그런데 지금은 박사들이 넘쳐난다면서? 그것도 외국까지 나가 학위 받은 박사들까지. 인간들은 뭔가를 너무 쉽게 익히고 배우는 게 아닌가 하는 생각이 드네. 아니면 더 이상 인간들이 배울 게 없거나. 그래서 박사들이 넘쳐나는 게 아닐까? 아, 장호의 부인이 정숙인가? 그녀는 장호가 박사 학위 가지고 있다는 걸 아는 거 같았네. '그놈의 박사…….'라는 말을 했던 것도 같고 아닌 것도 같은데.

16

광장 앞은 구경 나온 사람들로 인산인해다. 경찰 승합차에서 밧줄에 묶인 인호가 내리고 있다. 누군가 인호를 향해 달걀을 던진다. 경찰이 막아서는 바람에 경찰의 등에서 달걀이 터진다. 창범과 말자도 구경꾼들 사이에 섞여 있다.

"세상 진짜 믿을 놈 없네, 믿을 놈 없어."

말자가 푸념을 늘어놓는다.

"그러게 사람 겉모습만 봐선 모른다니까. 멀쩡하게 생긴 놈이 왜 그랬을까."

장호다.

"저런 놈들 머릿속엔 뭐가 들어 있는지 한번 들어가봤으면 좋겠어."

말자가 맞장구를 친다. 하지만 창범은 한마디도 하지 않는다. 며칠 전 일이 떠올라서다. 잔뜩 쌓인 맥주 박스를 배달 차량이 주차할 수 있는 곳까지 옮길 때였다. 새벽이었고 사람은 없었다. 인호가 마침 출근하고 있었다. 그는 말없이 다가와 미소를 지으며 창범의 일을 대신해주었다. 그때 창범은 많이 배우진 못했지만, 속 깊은 아들 하나 있었으면 하고 바랐다. 잠깐 인호를 아들 삼았으면 좋겠다는 생각도 들었다. 딸이 하나 더 있으면 사위라도. 그런 그가 희대의 살인마라니. 창범은 두 손으로 마른세수를 한다. 주위에서 아우성이 들리고 비명과 울음이 터진다. 희생자의 유족들이다. 그들은 인호에게 다가가 주먹질을 하고 경찰은 그들을 막느라 오피스텔 앞은 금방 아수라장이 된다. 경찰들은 인호를 데리고 오피스텔로 올라간다. 지금 인호는 혜리 살인사건의 현장 검증을 하는 중이다.

인호의 방 냉장고에서 토막 난 혜리가 나왔다. 말자는 그 소리를 듣고 오줌을 다 지렸다. 그래도 창범은 그 말을 믿을 수가 없었다. 하지만 사람이란 게 알다가도 모를 존재다. 창범은 피를 보고 번득이던 그의 눈빛이 떠올라 진저리를 친다. 성실하고 착한 그에게 그런 광기가 숨어 있었다는 게 도무지 믿어지지 않는다.

"말세여, 말세."

말자는 구경꾼들과 함께 휩쓸려 오피스텔로 올라간다. 경찰은 저지하고 유족들과 구경꾼들은 밀고 들어가며 실랑이를 벌인다. 창범의 눈에 멀리서 구경하는 상훈의 모습이 보인다. 그는 손에 빗자루와 쓰레기통을 들고 있다.

창범은 슈퍼로 들어간다. 그는 인호의 사건이 나오는 뉴스를 애써 외면했다. 말자는 인호가 살아온 시절을 혀를 차며 읊어댄다. 한마디로 불행하게 살았다는 말이다. 불행한 삶은 도처에 널려 있다. 불행하게 살았다고 누구나 다 살인자가 되는 건 아니지 않은가.

창범은 담배를 꺼내 문다. 여자에게 복수한다고 죽일 것까지야 없지 않았니. 창범은 인호를 붙잡고 묻고 싶었다. 하지만 이젠 부질없는 짓이다.

미연과 호두가 함께 슈퍼로 들어와 쌀과 부식을 사 간다. 둘이 사귀는 눈치다. 창범은 모른 체한다. 남의 연애에 괜히 끼어들고 싶지 않다.

"……정말 재수 없어. 우리 오피스텔에 저런 살인마가 살았다는 게 믿어지지가 않아. 우리 얼른 이사 가자."

미연이 호두의 팔에 매달려 아양을 떤다. 광장엔 오피스텔로 들어갔던 인호가 나오고 있다. 다시 사람들의 고함과 욕설이 쏟아진다.

“그럽시다. 대박만 나믄 강남에다 아파트 한 채 확 사버리죠.”

“강남까진 필요 없어. 자기만 있으면 돼.”

호두가 미연의 손을 잡고 나간다. 그들이 나간 자리를 명희와 택배 기사 연수가 채운다. 연수는 재빠르게 움직인다. 그는 간간이 명희를 훔쳐본다. 명희는 연수와 달리 느리게 움직인다. 창범은 두 사람이 대조적이면서도 잘 어울린다는 생각이 든다.

내가 인간들 세상에서 가장 이해할 수 없는 건, 사랑이네. 내 보기에 사랑은 진짜 요물단지네. 이안 자네도 저런 시절이 있었는가? 중매로 부인도 만나지 않았는가? 사람들이 입주를 시작한 뒤에 '마마'라는 술집도 생기지 않았는가? 그 집 마담 죽어라 쫓아다녔던 거 생각나는가? 그게 사랑이었는가? 그냥 욕망이었겠지. 하긴 사랑도 욕망이긴 하지만 사랑은 선한 욕망이라는 생각이 드네. 참으로 안타까운 일이네. 죽을 때가 다 되어가는데 사랑 한번 제대로 못 해봤다니. 그건 아마 우주의 섭리로도 해석하지 못할 걸세. 사람이 다르듯 사랑의 색깔도 천차만

별이니 누가 해석할 수 있단 말인가. 남은 생 더 늦기 전에 사랑 한번 해보시게. 진짜 아무것도 바라지 않는 사랑 말이네, 부모와 자식 간의 사랑 말고. 남자와 여자 사이에서도 아무것도 바라지 않는 사랑이 있다고 하네. 목숨까지 내줄 수 있는 그런 사랑 말이네.

장호의 와이프인 정숙이 들어와 소주를 사 간다. 의외다. 미용실의 새 주인인 민주 역시 술을 사 간다. 아무래도 오늘은 술을 부르는 날인 모양이다. 창범도 괜히 맥주가 마시고 싶다. 광장에 머물렀던 사람들이 흩어지기 시작한다. 승합차에 탄 인호가 떠나고 있다. 미련을 버리지 못한 사람들 수십여 명이 광장 주변을 맴돈다. 그들이 술과 안줏거리를 사 간다. 오피스텔 앞 광장에서 술판이 벌어진다. 관리사무소의 재준이 뛰어나와 소리를 버럭버럭 지른다. 경비는 낮잠 자러 간 건지 보이지 않는다. 재준이 씩씩거리며 제자리로 돌아간다.

17

장호는 정숙의 눈치를 보며 지냈다. 하지만 혜정과의 일은 잊은 듯했다. 정숙의 표정엔 별다른 변화가 없었다. 장호가 혜정이와 뿜뿜뿜하는 사이가 아니라 말해도 그녀는 믿지 않았다. 장호도 적극적으로 항변하지 못했다. 젊은 여자를, 그것도 여고생을 한 방에서 단둘이 만났다는 사실만으로도 정숙은 장호와 혜정이 뿜뿜뿜하는 사이라 보았다. 그러니까 장호 나이가 되는 남자는 절대로 젊은 여자를 은밀한 곳에서 만나면 안 되는 것이었다.

'말을 안 하니 도대체 마누라 속을 알 수가 없네.'

그녀가 혜정과의 일을 용서해주었다고 생각했다. 하지만 혜정이 오피스텔 위층에 사는 한 언제든 폭발할 소지가 있었다. 그렇다고 폭발을 미리 막을 방도가 전혀 없는 건 아니었다. 그러나 장호의 꿍꿍이는 자신도 다칠 위험이 컸다.

장호는 가게 안쪽 방에 앉아 텔레비전을 보며 낄낄거리고 있는 정숙의 눈치를 본다.

"나, 가게 가서 담배 좀 사 올게."

대답이 없다. 장호는 점퍼를 들고 철물점을 나선다. 이젠 날이 제법 쌀쌀해져 가까운 곳에 나가도 점퍼를 챙겨 입었다.

장호가 슈퍼 출입문 앞에 섰을 때 창범과 낯선 여자 두 명이 대화하는 모습이 보였다. 왠지 찜찜한 기분이 들었지만, 장호는 출입문을 열고 슈퍼 안으로 들어갔다. 창범이 눈으로 아는 체한다.

"……그럴 리가 없어요. 착한 녀석이라니까요."

"저희도 압니다. 그래도 주변 탐문 조사를 하는 거 아닙니까? 몸은 다 큰 처녀라지만 그래도 고등학생이라 조심스럽게 수사를 하는 겁니다."

"나 원……. 뭐 줘?"

창범이 장호에게 묻는다.

"말보루 주세요."

장호는 돈을 내밀며 두 여자를 힐끔힐끔 훔쳐본다. 두 여자는 뭔가를 열심히 메모한다. 날렵하고 다부진 몸매의 여자들이다.

“그리고 내가 알기로 걔는 1년인가 2년 꿇어서 실제 나이는 성인이라고 들었습니다.”

“그래요?”

한 여자가 다시 또 메모를 한다. 장호는 순간 가슴이 철렁 내려앉는다.

“맞아요. 중학교 졸업하고 모델인가 한다고 가출하는 바람에 1년인가 2년인가 학교를 안 다녔다고 그랬던 거 같아요.”

“하긴 어린 애들이 무슨 잘못이 있겠습니까? 다 어른들이 잘못이지. 아무튼 협조 감사합니다.”

장호는 담배를 꺼낸다. 당장 담배를 피우지 않으면 심장이 터질 것만 같다. 창범이 눈살을 찌푸린다.

“그럼, 어떻게 되는 거죠?”

“일단 신고가 들어온 이상 조사를 하긴 해야 합니다. 학교에서 돌아올 시간 됐죠?”

“지금쯤 돌아올 시간입죠. 그런데 남자들은요?”

“일단 다 불러서 조사하긴 해야 할 겁니다. 혜정한테 돈을 줬다면 성매매 특별법에 걸리겠죠.”

‘미치겠네. 자꾸 원조교제나 성매매로 가버리지?’

점퍼 차림의 여자가 딱딱한 어조로 말한다. 창범이 밖을 내다본다. 마침 광장을 가로질러 걸어오는 혜정이 보인다. 두 여자도 혜정을 발견한다. 장호는 맥이 탁 풀린다. 두 여자가 슈퍼에서 나가자마자 장호는 문이 닫히기 전에 냅다 뛰어나간다. 혜정이 불어버리는 날엔 쪽팔려서 설마리에선 더 이상 못 살 것만 같다. 가끔 책 읽어주며 손 좀 잡아주라고 추태를 부린 일도 있었고, 감동을 먹었다며 포옹해달라 청한 일도 있었다. 드러내진 않았지만, 장호는 그녀와 진짜로 뿜뿜뿜하고 싶었다. 아니 그 이상을 넘어 나이를 뛰어넘는 사랑을 할 수 있을 거라 생각했다. 그런데 그건 장호만의 생각. 그리고 그게 자신만의 생각이라는 사실도 금방 깨달았다. 도망가려면 다른 꿍꿍이가 있어야만 했다. 사실 장호의 꿍꿍이라는 게 그거였다. 혜정을 먼저 신고하는 것, 그래서 그녀를 멀리 보내는 것이었다. 그런데 그건 제 얼굴에 침 뱉는 칠칠맞은 꿍꿍이였다.

"잔돈 받아 가야지!"

창범의 말이 들리지 않는다. 장호는 광장 반대편으로 뛰어간다. 그는 뛰면서 뒤를 돌아다본다. 두 여자가 혜정이 앞에서 있고 혜정이 고개를 푹 숙이고 있다. 잠깐 고개를 든 혜정의 눈이 어디론가 뛰어가는 장호의 눈과 마주친다.

장호 저 친구가 박사라니? 믿을 수 있겠는가? 하긴 박사 학위가 그 인간이 제대로 된 인간이라는 증명은 아니네만 그래도 뭔가 좀 더 배운 인간이라는 말이긴 한데. 살아보니 적당히 배운 사람들이 더 인간적이었던 것 같네. 안 그런가?

창범은 두 여자에게 거의 끌려가다시피 걷고 있는 혜정의 뒷모습을 바라본다. 두 여자와 혜정이 회색의 승용차 안으로 사라진다.

18

혜정이 원조교제를 한다고 신고한 사람은 장호의 와이프인 정숙이었다. 하지만 혜정이 설령 남자들과 문제가 있었다 해도 만 19세가 넘었기 때문에 원조교제는 아니었다. 게다가 혜정은 모든 혐의를 부인했다. 책만 읽어줬으니 더 볼 것도 없었다. 고발자의 신랑인 장호의 경우 혜정은 그를 존경하는 어른이라고 답했다고 한다. 오피스텔의 몇몇 남자들이 참고인 조사 자격으로 경찰서에 다녀왔다. 그들의 진술이 일관되었다.

'책을 읽어달라고 한 겁니다. 책 읽어주는 여자. 그 노동에 대한 대가를 지불한 거고요.'

물론 여러 특별한 요청들은 있었다. 엎드려서 읽어달라는 인간도 있었고, 바짝 곁에 앉아서 읽어달라는 놈도 있었다. 화장실에 앉아 있을 테니 읽어달라는 인간도 있었으며 걸으면서 책을 읽어달라는 놈도 있었다. 남자들은 한목소리로 혜정의 목소리는 귀에 착착 감겼다고 진술했다. 조사를 맡은 형사들도 그 말엔 동의했다. 그러니 고발이 있었다 하더라도 죄가 성립되지 않았다.

'이것 보세요. 형사님들. 프랑스 영화 중에 〈책 읽어주는 여자〉라는 영화가 있습니다. 우린 그걸 그대로 재현한 것에 불과해요. 우리는 우리가 마음에 드는 책을 들고자 읽어달라 부탁하고 그 노동에 대한 대가를 지불한 겁니다. 그리고 형사님도 혜정이 목소리 들어봐서 알잖아요. 신의 목소리를 가졌어요. 듣고 있으면 그 이야기 속에 한없이 빨려 들어간다고요. 형사님도 혜정이 개와 단둘이 앉아서 한번 들어보세요. 그리고 엮을 걸 엮으세요. 요즘 시대가 어떤 시댄데 원조교제나 성매매를 합니까. 인생 말아먹을 일 있으세요?'

재준의 증언은 혜정이 풀려나오는 데 결정적 역할을 했다. 형사들 몇몇이 혜정과 이야기를 하면서 재준의 말이 사실임을 깨달았다고 한다. 취조실이라는 게 밀폐된 곳인데다 약간은 에코가 만들어지는 공간이라 혜정의 목소리가 신의 목소리처럼 들리기에는 최적의 방이었던 것이다. 문제라면 혜정의 손님이 남자들뿐이었다는 점이었다.

'책을 읽어줘? 개가 풀 뜯어먹는 소리 하고 있네. 어떤 사내놈이 젊은 여자를 앞에 두고 책만 읽어주라고 그러겠어.'

정숙은 혜정을 간통죄로 고소하려고 했다. 그런데 이야기가 이상하게 돌아갔다. 만나서 책만 읽고 듣기만 했다니? 세상에 그런 직업이 있고 그렇게 돈을 지불하는 멍청한 남자들이 있다는 걸 정숙은 믿을 수가 없었다. 조사가 시작된 지 얼마 지나지 않아 죄가 성립되지 않는다고 결론이 났다는 걸 정숙도 알게 되었다.

'사내새끼들은 다 도적놈이야!'

정숙은 누구보다 장호를 궁지에 몰아넣고 닦달할 생각이었다. 무엇보다 기분 나쁜 건 젊은 여자에게 돈을 줬다는 사실이었다. 그런데 장호는 어디로 사라진 건지 나타나질 않았다. 남자들 조사가 속속 이어졌고 무혐의로 결론이 나면서 혜정은 결국 하루 만에 풀려났다.

'진짜 책만 읽어줬다고?'

정숙은 여전히 믿을 수가 없었다. 혜정을 믿지 못하는 게 아니라 남자들을 믿을 수가 없었다. 일주일이나 지났는데 장호는 나타날 기미가 보이지 않았다.

매일 저녁 정숙이 슈퍼에 들러 소주나 맥주를 사 갔다. 내

막을 모르니 창범은 장호의 가출에 관해 물을 수밖에 없었다.

"……그 인간 죄지은 게 있어서 못 들어오는 겁니다. 돈 쓸데가 천진데……. 참나 어디 돈 쓸데가 없어서. 어디 가서 밥이나 제대로 처먹는지……."

미워도 신랑은 신랑이다. 괄괄해서 대범한 척 굴지만, 정숙은 그가 그리운 모양이다.

정숙은 오늘도 해 질 무렵 소주를 사 간다. 전엔 몰랐는데 장호가 사가던 술은 정숙을 위한 술이었던 듯하다. 창범도 술 한 잔 생각이 난다. 그가 계산대 아래 숨겨놓은 술병을 꺼낼 때 남자와 여자가 슈퍼로 들어온다. 창범은 술병을 도로 내려놓는다. 창범이 고개를 든다. 택시 기사인 종구와 남주다. 창범은 둘을 눈여겨본다. 술 취해 같이 걷던 모습을 본 게 두 달쯤 전인 것 같은데 둘이 벌써 연인으로 발전한 모양이다. 남주는 종구의 팔에 매달려 떨어지질 않는다.

종구가 담배를 산다.

"아저씨, 소희라고 아시죠?"

남주가 묻는다.

"알지."

"어디 갔는지 모르세요?"

창범은 소희의 근황에 관해 말해줘야 할지 말아야 할지

당혹스럽다. 말자는 남주를 두고 허파에 바람 든 년이라고 욕을 해댔다. 하지만 둘은 친구 아니던가.

“기숙사 들어간다고 그랬어.”

“나쁜 년, 전화번호까지 바꾸는 년이 어딨어.”

남주가 눈물을 글썽이자 종구가 그녀의 어깨를 다독인다. 소희가 이사 간 뒤 종구도 보름쯤 후 이사했다. 그런데 둘이 같이 느닷없이 나타난 것이다.

종구와 남주는 슈퍼에서 나온다. 두 사람은 종구의 택시가 세워져 있는 도로변으로 향한다. 담배를 꺼내 들던 종구가 담배를 도로 집어넣는다.

“왜 안 피워?”

“낙태도 애 낳은 거랑 똑같다더라. 그런데 내가 네 앞에서 담밸 필 수 있겠냐.”

종구의 말에 남주는 행복하다. 비록 낙태했지만, 이 남자라면 믿고 의지할 수 있겠다는 생각이 든다. 남주는 새삼 송충이는 솔잎을 먹어야 한다고 생각한다. 고등학교도 졸업하지 못한 여자와 대학을 다녔던 남자의 연애는 개 발에 편자와 같은 일이다. 남주는 종구를 올려다본다. 그녀는 자신에게 딱 어울리는 남자를 만난 기분이다.

“나도 한 대 줘.”

"미쳤어?"

"애 지웠는데 뭘. 한 대 피우면 기분이 좀 나을 것 같아."

"그러면야……."

종구는 마지못해 담배 한 개비를 꺼내 준다. 남주는 택시에 엉덩이를 기대고 서서 담배를 빤다. 곁을 지나가는 학생들이 그녀를 피해간다.

"남주야, 소희씨 돈 있을까?"

"있을 거야. 원래 돈 모으는 데는 지독한 년이거든."

종구의 얼굴이 복잡하게 일그러진다.

"그냥 포기할까? 기회가 좋긴 하지만 말이야."

"당신 같이 젊은 사람은 개인택시 뽑기 힘들다며? 기회는 있을 때 잡아야지. 눈앞에 기회가 있는데 멍청하게 놓칠 셈이야?"

종구는 점점 더 기분이 착잡해진다. 이쯤에서 남주와 떨어지면 좋으련만 자꾸만 깊어진다. 남주가 낙태를 하는 바람에 일이 더 꼬이고 말았다. 허풍으로 개인택시 운운했다. 그래서 돈이 필요하다고 말했다. 남주는 종구의 말을 흘려듣지 않았다. 소희에게 돈을 빌려야겠다며 찾아온 길이었다.

"공장에 가자."

종구는 나름대로 계산이 있다. 소희가 돈을 빌려준다면 그

돈 챙겨 튀면 된다. 밤마다 그 정도 돈을 받을만한 서비스는 했다. 어차피 남주와는 이제 끝내야 할 판이다. 결혼 따윈 생각 없다. 그리고 밑천이라곤 개뿔도 없는 여자와 살림을 차릴 순 없다. 낙태 비용까지 대줬으니 이만하면 신사적으로 책임을 다한 게 아닌가.

낙태가 합법화가 되었는가? 금시초문이긴 한데. 사랑해서 맺은 결실이라면 낳아야겠지만 낳은 후에 방치하는 인간들 보면 차라리 낙태하는 게 낫겠다는 생각도 드네. 얼마 전에 자신의 아이를 일주일이나 방치한 채 자기들은 게임하고 술 마시러 다니던 부모 이야기가 뉴스에 나오지 않았는가. 그럴 거면 왜 아이를 낳았는지 이해할 수가 없네. 물론 자기들도 모르게 실수한 거고 낙태 고민하다가 세월이 흘러버려 낙태할 수 있는 시점을 지나버리면서 낳은 거라는 말을 듣긴 들었네. 본래 인간이라는 게 후세가 태어나면 없던 책임감도 생기고 좀 진중해지고 그러는 존재가 아닌가. 그렇군. 내가 인간을 오해했네. 인간이라는 이 오만한 존재를 해석할 수 있는 지식이나 철학 종교는 그 어디에도 없다는 걸 새삼 깨달았네.

에라 모르겠다. 종구는 운전석에 오른다. 곁에 남주가 탄다. 슈퍼에서 나와 있던 창범이 밖에 나와 담배를 피우며 두 사람을 바라본다. 나이가 들면 보고 싶지 않아도 보이는 것들이 많아지는 모양이다. 사람의 됨됨이가 보이고 어느 땐 사람의 먼 미래도 보인다. 창범의 눈에 종구나 남주는 잘 어울리는 사람들이 아니다. 불행한 덩어리 두 개가 엉켜 있다는 생각이 가시지를 않는다.

19

창범은 잠자리에서 일어나 곁을 살핀다. 말자는 천장이 무너져라, 코를 골며 자고 있다. 이젠 익숙한 소리다. 가끔 무호흡증이 나타나지만, 아직 큰 병 없이 건강한 여자다. 창범은 시계를 본다. 새벽 다섯 시다. 다시 잠이 올 것 같지 않다.

화장실을 다녀온 뒤 그는 옷을 챙겨 입고 오피스텔을 나선다. 어차피 잠을 다시 잘 것도 아니니 가게 문이나 열 생각이다.

가게 문을 열고 전등을 켜고 잡다한 '장난감 뽑기' 통들을 가게 앞에 내놓는다. 이젠 새벽이면 제법 춥다. '장난감 뽑기' 통들의 겉면에 김이 서린다. 머잖아 입동이다. 창범은 자동판매기에서 커피 한 잔을 뽑아 들고 새벽 거리를 내다본다.

누군가 머리를 산발한 채 오피스텔 건물에서 후닥닥 뛰어나온다. 명희다. 그녀는 좌우를 두리번거리더니 슈퍼로 뛰어든다.

"아저씨, 부탁 좀 드릴게요."

명희의 얼굴이 사색이다. 대학까지 졸업한 부부가 궂은일 마다치 않고 해낸다며 말자는 명희 부부를 칭찬했다. 창범도 명희 부부 내외를 늘 대견스럽게 생각했다.

"저, 돈이 없어서 그러는데 몇만 원만 빌려주세요. 마침 제 지갑에 돈도 없고 어디서 돈 찾아야 하는지도 모르겠어요."

"돈?"

생전 돈을 빌려달란 말을 해본 적이 없는 명희다. 창범은 손가방을 연다.

"얼마나?"

"저, 잘 모르겠어요."

명희는 눈동자를 불안하게 굴린다. 무슨 사달이 난 듯하다.

"무슨 일이야?"

"그이가, 우리 그이가 사고를 당했대요."

"사고라니?"

"저도 잘 모르겠어요. 조금 전에 같이 일하시는 분한테서 전화가 걸려왔어요."

"많이 안 다쳤대?"

"잘 모르겠어요."

명희의 눈에 눈물이 글썽글썽하다. 창범은 손에 잡히는 대로 돈을 꺼내 그녀에게 준다.

"아저씨 오후에 돈 찾아서 드릴게요."

"얼른 가. 여긴 택시 잡기 힘들어. 철길 건너가야 많아. 역사로 해서 건너가."

명희는 뒤도 돌아보지 않고 슈퍼를 빠져나간다. 창범도 그녀의 뒤를 따른다. 명희는 어느새 새벽의 미명 속에 묻힌다. 창범은 자신도 모르게 혀를 찬다.

명희가 돌아온 건 정오 무렵이다. 말자가 이번엔 신랑과 대판 싸웠다는 작은딸네 집에 가는 바람에 창범이 가게를 보고 있었다. 슈퍼로 들어서는 명희의 얼굴이 새파랗다. 그녀는 간이테이블 쪽으로 걸어가더니 그대로 주저앉는다. 창범이 다가간다.

"신랑 어떻대?"

창범이 말을 꺼내자마자 명희는 손에 얼굴을 묻고 흐느끼기 시작한다. 슈퍼에 들어왔던 손님들이 그녀의 울음소리를 듣곤 조용히 빠져나간다. 창범은 명희의 어깨를 다독인다. 그럴수록 그녀의 어깨는 더 들썩인다.

창범은 일회용 꿀차에 뜨거운 물을 붓는다. 찬물을 적당히 섞은 후 명희에게 가져간다.

"이거라도 좀 마셔."

명희가 고개를 든다. 눈이 퉁퉁 불어 있고 눈동자에 핏발이 서 있다.

"아저씨 나 어떡해요, 나 어떡해요."

그녀는 다시 얼굴을 묻고 울기 시작한다.

명희가 겨우 진정된 건 30분 남짓 흐른 후다. 그때까지 창범은 그냥 말없이 그녀를 지켜보았다. 울고 싶을 땐 울어야 한다. 그래야 슬픔이 물러간다는 게 창범의 생각이다. 명희가 창범에게 다가온다.

"아저씨 울어서 죄송해요."

"괜찮아. 그래, 신랑은 좀 어때? 괜찮은 거지?"

명희가 고개를 젓는다. 창범은 답답하다. 하지만 더 물을 수도 없다.

"그 사람 의식불명이래요. 의사는 절망적이라고……."

명희는 허둥대며 슈퍼를 빠져나간다.

20

건물주인 이안은 건물 앞을 걸으며 광장을 찬찬히 둘러본다. 그는 설마리의 건물주다. 1년에 한 번 나타날까 말까 하는 그가 요즘 자주 나타났다. 그가 건물주인지 아는 사람은 재준과 최고참인 창범이 정도다.

이안은 설마리 슈퍼 앞에 서서 지나가는 사람들을 구경한다. 처음 설마리 오피스텔이 완공되었을 때 인근의 내로라하는 작자들이 세를 얻었다. 사무실로 혹은 세컨드 하우스로 때론 첩의 집으로. 하지만 지금 설마리는 쪽방 수준이다. 그래도 죽기 전에 팔아버릴 생각은 없었다. 그가 설마리를 팔 생각을 한 건 희대의 살인마 때문만은 아니었다. 그는 생각한다. 이제 설마리는 꿈을 먹고 자라는 그런 건물이 아니라고.

발복이 끝나 서서히 흉지로 변해가고 있다고.

자네 생각이 맞는지도 모르네. 나야 땅의 이치에 대해 잘은 모르지만 땅속엔 자네나 내가 모르는 뭔가의 기운이 흘러 다니는 건 분명하네. 범박한 인간들 감성으로는 느낄 수 없는 것이지. 자네가 그런 걸 느끼는 걸 보면 진짜 늙긴 늙은 모양이네. 이제 흉지가 되겠지. 나를 더 욕되게 만들지 말아주게.

40년 세월이 하루 같기만 하다. 40년 전엔 이날이 오지 않을 것 같았는데 지나고 나니 세월은 무정할 만큼 빠르다. 이안은 인생이란 게 다 살아본 후에야 진실을 알게 되는 아이러니의 연속이라고 생각한다. 그래도 후회는 없다. 아들 둘 잘 키워 미국 보냈고, 딸년은 그럴듯한 집안에 시집보냈다. 딸은 사위와 독일에 가 있다. 한국에 있는 건 혼자다. 마누라도 오래전에 불귀의 객이 됐다.

이안은 관리사무소 쪽으로 눈길을 준다. 김 변호사와 재준이 머리를 맞대고 이야기하고 있다. 그때 짧은 미니스커트를 입은 어린 여자들이 이안의 앞을 지나간다. 문득 재준이 전해준 말이 떠오른다. 설마리에서 성매매를 하는 어린 계집애가 있다는 말을.

이제 설마리의 명은 다했다. 어린 계집애가 원조교제를 한다. 젊은것들은 쉽게 눈이 맞아 사라졌고 오래 머무는 입주자들도 없다. 건물은 낡았고 사람들의 질도 이젠 더 낮아질 수 없을 만큼 낮아졌다. 이안은 자신만큼이나 늙은 설마리를 둘러본다. 재준이 그의 뒤에 다가온다.

"다 끝났습니다. 김 변호사가 지금 마무리 짓고 있습니다."

"가게 하는 사람들하고 마무리 잘 지어야 한다는 거 명시했지?"

"네, 특히 슈퍼 물건들을 회사에서 모두 인수해주겠다고 했습니다. 나머지 가게야 뭐 이주비만 적당히 주면 될 거고요."

이안은 고개를 끄덕인다. 10년 전부터 대형유통업체가 달라붙어 끈질기게 팔라고 종용했지만, 고개를 저었다. 비로소 때가 된 것이다.

"창범이 좀 나오라고 해봐."

재준이 슈퍼로 들어가기도 전에 창범이 이안을 알아보고 뛰어나온다. 이안은 그가 반갑다. 슈퍼는 설마리 사람들에게 등대 같은 존재였다. 슈퍼는 늘 칙칙하던 설마리 주변을 환하게 밝혔다.

설마리가 20년이 지나자 그럴듯한 가게들은 모두 떠났다. 10년 전 슈퍼 자리엔 덤핑 상품을 파는 업자들이 나타나 한 달에 보름쯤 문을 열고 너저분한 옷들을 팔았다. 그때도 이안은 설마리를 매각할까 심각하게 고민했었다. 그런 와중에 창범이 나타났다.

"어쩐 일이십니까?"

이안은 재준에게 맥주와 오징어를 가져오도록 지시한다. 이안은 셈을 치르려 하고 창범은 마다한다. 몇 차례 실랑이가 오가지만 결국 창범이 돈을 받지 않는 걸로 결정된다. 창범은 입맛을 다신다. 가게 안에서 말자가 투덜거렸지만 두 남자는 못 들은 척한다.

이제 그와 이안은 마주 앉아 맥주를 마신다.

"이보게, 오늘 우리 오피스텔 매각 계약을 했네. 자네에게 가장 먼저 알려주고 싶었네."

캔 맥주를 드는 창범의 손이 떨린다. 드디어 올 것이 오고야 말았다. 인호가 잡혀가고 오피스텔 여자들이 혜정의 성매매로 의심하는 '책 읽어주는 여자' 일을 했다는 기이한 말이 돌고 또 누군가 사고를 당하고 친구들이 갈라져 헤어지는 일이 일어나자 창범은 직감적으로 깨달았다. 이안이 설마리를 매각하게 되리라는 걸. 어쩌면 너무 늦은 게 아닌가 싶을 정도였다.

"그렇게 됐군요."

"내가 자네한테 특별하게 신경 쓰고 있어."

이안이 창범을 지긋이 바라본다.

"조만간에 매입한 회사에서 찾아와 물건을 모두 인수하겠다고 할 거야. 그럼 못 이기는 척 따라. 우리 오피스텔 매각 조건에 자네 가게 물건을 제값에 인수해주는 특약을 달았어. 자네가 장사를 계속 안 하면 좋은 가격으로 매입을 해줄 거야."

창범은 잠시 차가운 하늘을 올려다본다. 슈퍼를 정리하면 막연하게 시골로 내려가 농사를 짓고 싶다고 생각했었다. 말자 생각은 모르겠지만.

"우리 오피스텔에 최고로 오래 세 든 사람이 자네야. 자네가 아니었으면 난 아마 10년 전에 이 오피스텔을 정리했을 거야. 그 점 늘 고마워하고 있어."

창범은 그의 말이 황송하다. 그가 고마워할 이유가 뭐란 말인가.

"아닙니다. 다른 데 같았으면 아마 몇 번은 세를 올렸을 겁니다. 하지만 사장님이나 되시니까 우리가 싸게 있었던 거죠."

"내가 그건 잘한 일이야. 그렇지?"

이안은 확인한다. 창범은 고개를 끄덕인다. 늙으면 자신이 한 일을 자꾸 그렇게 확인하려 드는 모양이다.

"우리 오피스텔 헐리기 전에 같이 등산이나 한 번 가세. 산에 가서 막걸리도 한잔하고 말이야."

이안이 테이블 위에 있는 창범의 손을 잡는다. 그때 짧은 커트 머리의 여자가 슈퍼로 들어간다. 창범은 그녀가 낯익다. 그는 자리에서 일어나 슈퍼로 들어간다. 바구니에 부식 거리를 잔뜩 담아 계산대에 올려놓는 여자는 혜정의 엄마 정희다. 머리를 짧게 커트했고 화장도 진했지만 분명 정희다. 그녀가 나타난 게 몇 달 만인지 모르겠다. 혜정이 남자들에게 책을 읽어주며 돈을 벌어왔다는 일이 누군가의 고발 때문에 사건이 되었고 조사 끝에 무혐의로 풀려났다는 사실을 알고 있을까. 그리고 정작 혜정은 그 사건을 대수롭지 않게 받아들이고 있다는 점도. 정희나 혜정의 아빠인 길수도 그 말을 믿지 못할 것이다. 혜정이 못 미더워서가 아니라 남자들을 믿을 수 없어서다. 자신을 믿지 못하듯.

"혜정이 엄마?"

창범의 말에 정희가 미소를 짓는다.

"혜정이 아빠 찾았어요?"

"그 인간 이제 두 번 다시 안 찾아요. 내가 그 인간 찾으러 나가면 성을 갈 겁니다. 성을."

마치 어제도 들른 사람처럼 넉살좋게 대꾸한다. 정희는 5만 원권으로 물건값을 치른다. 정희가 슈퍼에서 나간 뒤 뒤따라 나가 보니 이안은 이미 자리를 뜨고 없다. 창범은 관리사무실 쪽으로 고개를 돌려본다. 그곳에 이안의 벤츠가 세워져 있다. 창범은 남은 맥주를 마시며 광장을 둘러본다. 수천 명의 사람이 흔적을 남기고 간 곳이다. 하루도 바람 잘 날 없던 설마리의 광장. 이제 영원히 사라진다고 생각하자 괜히 코끝이 찡하다.

전동차 역사 쪽에서 고함이 들린다. 남자와 여자가 오피스텔 쪽으로 걸어오고 있다. 호두와 미연이다. 두 사람은 오피스텔 쪽으로 걸어오며 말다툼을 하고 있다. 둘은 살림을 하나로 합쳤다. 그런 후 자주 말다툼했다. 창범은 그들도 오래가지 못하리라고 생각한다. 설마리에서 만난 사람들이 오래도록 만나는 것을 본 적이 없다.

호두와 미연이 슈퍼로 들어온다. 호두는 소주를 사고 미연은 싸구려 양주를 산다. 두 사람은 서로를 냉랭한 시선으로 바라보다가 각자 계산하고 따로따로 슈퍼를 나간다. 출입문이 열리고 말자가 들어온다.

21

정희는 문을 열어놓은 채 봉투를 떨어뜨린다. 혜정은 교복을 입은 채였고 웬 늙수그레한 남자가 반바지와 반소매 셔츠 차림에 맥주병을 마이크 삼아 들고 노래를 부르고 있다.

'……다이아몬드는 이 게임에서 돈을 의미한다는 것도 알죠. 하지만 그건 내 마음의 참모습은 아니랍니다.'

남자는 스팅의 'shape of my heart'라는 노래를 반주 없이 부르고 있다. 남자는 눈을 감고 열정적으로 노래를 부른다. 혜정은 남자의 노래에 맞춰서 몸을 흔들어대고 있다. 노래를 부르고 있는 남자는 찰리다.

초인종을 누를걸. 정희는 볼살을 깨물며 후회한다. 초인종 누르기가 민망해 조용히 열쇠 구멍에 열쇠를 넣고 돌렸던 것이다. 정희는 고개를 돌린다. 혜정은 입을 벌린 채 다물지 못한다. 혜정은 옷매무새를 살핀다. 찰리는 기타와 악보집 등을 챙겨 든 후 재빨리 도망간다. 정희는 혜정을 못 본 척 부식 거리를 주방 싱크대 위에 올려놓는다. 혜정은 별말이 없다. 정희도 철물점의 정숙처럼 혜정과 찰리가 뿜뿜뿜을 하는 사이라고 생각할 테니까.

"꼭 그래야 했니?"

정희의 목소리가 떨린다.

"무슨 소리야?"

"너……. 아까 그 아저씨가……. 아무리 돈이 급해도 그렇지."

"엄마!"

혜정이 정희를 노려보았다.

"어른들은 어쩜 생각이 그렇게 다 똑같을까."

"무슨 소리니?"

"내가 남자들하고 있으면 섹스를 할 거라고 생각하잖아. 그걸로 돈 번다고 믿고."

"그, 그럼 아니니?"

"참나, 오랜만에 나타나서 그게 엄마가 딸에게 할 소리야?"

정희는 혜정의 눈길을 피한다.

"내 목소리가 좋다고 책 읽어주는 거라고! 그런 직업이 있다고! 프랑스에선 그런 직업을 가진 여자가 주인공으로 나오는 영화도 있단 말이야!"

혜정이 그동안 화내지 않았던 건, 오피스텔 여자들이나 몇몇 남자들의 오해에도 참았던 건 곁에 아무도 없어서였다.

옷을 다 입은 혜정이 현관문 쪽으로 나선다.

"저기 혜정아, 우리 청주로 이사 가자."

"청주? 새 남자 생겼어?"

"그런 게 아니라……. 이 사람은 정말 좋은 사람이야. 딸이 하나 있긴 하지만 성실하고……."

"난 됐어. 엄마나 가. 난 이제 성인이라고, 성인. 난 서울서 살 테니까. 나 다음 달부터 일 나가. 그래서 여기서 살아야 돼."

혜정이 문을 거칠게 닫고 나간다. 정희는 손을 맥없이 떨어뜨린다. 싱크대에서 굴러떨어진 순두부 팩이 터진다.

22

눈이 온다. 올해 첫눈이다. 설마리 앞에 대형 굴착기가 서 있다. 굴착기 팔엔 파쇄기가 매달려 있다. 굴착기를 바라보고 있는 창범의 마음이 서늘하다. 말자는 눈물을 찍는다.

설마리 입주자들은 모두 나갔다. 대형할인업체는 일사천리로 일을 처리했다. 한때 세입자 문제로 나라 전체가 떠들썩해진 일이 있었던 터라 넉넉하게 이주비를 지급하는 바람에 세입자들은 군소리 없이 집을 비웠다. 철물점 하던 장호는 가리봉동으로 이사했다. 두 평 남짓하던 분식집이나 꽃집, 옷집, 커피숍 그리고 미용실 주인들은 어디로 갔는지 모르게 사라졌다. 입주자들은 들어올 때처럼 홀가분한 차림으로 떠났다. 청소하던 상훈은 문학상을 하나 받았다. 창범은 자신의 직감이 틀리지 않았다는 사실 때문에 기분이 흐뭇했다. 몇 명의 기자들이 설마리에 찾아와 상훈을 취재하는 바람에 그의 수상 소식을 알게 되었다. 그는 수상 소감문에 창범에 대해 언급했다. 외롭고 아플 때 가족보다 더 큰 힘이 되어준 설마리 슈퍼 주인 남자에 대해서. 그 문구를 보고 창범은 자식의 일인 것처럼 뿌듯했다. 세입자가 모두 이주한 뒤 상훈은 트럭 가득 책을 싣고 떠났다. 마지막까지 떠나지 못하고 남은 사람은 창범과 말자 뿐이다.

"명희 신랑은 어떻대요?"

"뇌사 상태래."

"죽은 거나 다름없잖아요."

설마리 주차장으로 벤츠가 들어온다. 이안의 차다. 그도 설마리가 철거되는 걸 보러 온 모양이다. 이안은 창범과 말자를 발견하고 천천히 걸어온다.

"장기 기증을 하겠다고 그러던데……."

창범은 명희에게 들었던 말을 전한다.

"명희만 불쌍하게 됐네요."

말자는 길게 한숨을 내쉰다. 살고 죽는 건 인간의 의지완 별개의 문제인 듯하다. 이안이 다가와 창범의 곁에 선다.

"이제 어디로 갈 건가?"

"고향에 내려가려고요. 옛날부터 과수원을 하고 싶었어요."

창범은 말자의 눈치를 흘끔 살핀다. 말자는 하염없이 내리는 눈을 바라보고 있다. 이안은 재준의 안내를 받으며 현장으로 가깝게 다가든다.

"난, 강희네 집에서 살 거예요. 내일모레가 출산인데 애 낳으면 봐줄 사람도 없고 말이에요. 그리고 나도 이젠 시골 가선 못 살 거 같아요."

말자는 파쇄기가 부수기 시작한 오피스텔을 바라보며 말한다. 말속에 표정이 없다. 그럴 땐 말자의 각오가 단단하다는 걸 창범은 안다.

"어쩔 수 없지. 아무튼 난 시골로 내려갈 거야."

두 사람의 대화가 건조하게 이어진다. 굴착기가 앞으로 나가며 건물을 간단하게 동강을 낸다. '설마리 슈퍼' 간판이 떨어져 나가고 캐터필러에 밟혀 찌그러진다. 창범은 가슴 한쪽이 저릿하다. 인부들이 뛰어다니고 굴착기가 종횡무진으로 누빈다. 창범은 붙박인 듯 서서 허물어져가는 건물을 바라본다. 입주자들이 버리고 간 물건들이 드러난다. 소형 냉장고, 밥통, 탁자, 의자, 냄비, 행거, 쓰레기들. 그리고 다 가져가지 못한 상훈의 책들……. 무너진 건물 위로 눈발이 날린다. 광장에 서 있는 이안의 흑발 위로 눈이 쌓인다. 재준이 우산을 들고 그를 씌워준다. 갑자기 어디선가 고함이 터져 나온다. 대형 굴착기가 갑자기 멈춰 선다.

"내 마누라랑 딸년 데려오란 말이야!"

두부처럼 잘린 건물 속에 누군가 서서 굴착기를 향해 삿대질하며 고함지르고 있다. 인부들이 달려간다. 이안도 창범과 말자도 굴착기 앞으로 뛰어간다. 사람들은 반쯤 잘린 건물을 올려다본다. 한 남자가 훤히 뚫린 2층의 한 방에 서서 삿대질하며 비틀거리고 있다.

"저 사람 저기에 어떻게 올라간 거야?"

"술 취한 거 같은데요?"

창범은 좀 더 가까이 다가간다. 낯이 익다. 하얀 구두에 베이지색 바지, 보라색 머플러. 창범은 깜짝 놀란다. 그는 혜정의 아빠인 길수다. 그가 왜 거기에 있는 거지? 그는 굴착기를 향해 사람에게 그러듯 연신 삿대질해댄다.

"어서 끌어내려!"

"이 씨발놈아, 네놈이 내 마누라랑 짝짜꿍했지? 빨리 내 마누라랑 딸년 데려오란 말이야! 이 년놈들이 짜고 고스톱 치네."

"이봐, 길수 뭐 하는 거야? 얼른 내려와!"

창범이 길수를 향해 소리를 지른다.

"뭐? 여기가 내 집인데 어딜 내려오라는 거야?"

길수는 머플러를 들고 등 뒤로 휙 감는다. 인부들이 주변을 둘러보지만 올라갈 만한 길이 보이지 않는다. 굴착기가 계단을 모두 절단하였기 때문이다. 현장 소장이 119에 전화를 건다. 그동안에도 길수는 온갖 욕설을 쏟아낸다.

철거가 중단된다. 학교를 통해 겨우 연락이 닿은 혜정이 온다. 정희는 연락이 닿질 않는다. 혜정은 무덤덤한 얼굴로 길수를 확인한다. 소방대원들도 도착한다. 소방대원들이 2층까지 사다리를 놓는다.

"너희들 뭐야? 어, 이것들 봐라. 내 마누라가 시켰지?"

길수는 소방대원이 걸쳐놓은 사다리를 발로 밀친다. 소방대원은 다시 사다리를 놓고 길수는 밀치고.

"아빠, 미쳤어? 도대체 왜 그러는 거야?"

길수가 혜정을 발견한다.

"이년아, 어디 갔다 이제 와! 집에 밥도 안 해놓고 어딜 싸돌아다니는 거야? 빨랑 네 에미 년 오라고 해!"

길수는 고함을 지르면서도 소방대원이 놓은 사다리를 필사적으로 밀어낸다. 그동안 굴착기 손에 올라탄 대원이 2층으로 뛰어내린다.

"내가 정말 미쳐!"

혜정은 현장에서 멀리 떨어진다. 소방대원들이 길수를 제압해 묶는다. 길수는 격렬하게 몸부림친다.

"개새끼들, 이런다고 내가 물러설 것 같아!"

길수는 밧줄에 대롱대롱 매달린 채 바닥으로 내려온다. 소방대원들이 달려들어 밧줄을 푼다. 몸이 자유로워지자마자 길수는 냅다 어디론가 뛰어간다. 소방대원이 그 뒤를 따르고 인부들도 합세한다. 길수는 무너진 건물 더미 위를 다람쥐처럼 넘나든다. 구경꾼들은 그저 넋 놓고 한편의 추격전을 구경한다.

드디어 떠나게 되었네. 정말 속이 후련하네. 난 다음에 대한 미련은 없네. 인간이 아니니까. 자넨 죽더라도 다음 생엔 돈만 밝히는 인간으로는 태어나지 말게. 그리고 다음 생에도 건물을 짓게 된다면 제발 방수 좀 잘하시게. 밑이 썩고 온갖 벌레들 꼬이고....... 내가 무감정한 존재라고 생각하지 말게. 존재하는 모든 것은 연이 닿아 있는 걸세. 자네의 명이 내게 닿아 있고 자네에게서 흘러온 명이 나를 통해 흘러 슈퍼 노인이나 지하실에 사는 상훈이라는 청년에게까지 흘러가고 그러는 걸세. 나보다 더 오래 살았으니 그쯤은 알지 않는가. 내가 비록 오늘 없어지지만, 또 누군가로 혹은 무엇으로 흘러가게 될 거라 생각하네. 40년 쌓인 기억을 고스란히 간직한 채 흘러갈 수 있다면 더욱 좋겠지만. 그건 내 욕심이겠지. 잘 사시게. 먼 훗날 이안 자네와 내가 같은 물질로 만날 수 있을지도 모르겠네. 어쩜 이미 같은 물질로 존재했던 것인지도 모르네. 아디오스 아미고!

길수는 출동한 경찰에 붙잡힌다. 그는 경찰차에 실려 가면서도 정희와 혜정일 데려오라고 고함을 지른다. 어디로 사라졌는지 혜정은 보이지 않는다. 현장이 잠잠해지자 다시 굴착기가 움직인다. 순식간에 나머지 건물들이 형체를 잃고 사라진다. 그 자리에 눈이 쌓인다. 눈은 함박눈이 되어 내린다. 현장을 지우고 무너진 설마리의 흉측한 몰골을 덮는다. '설마리 슈퍼' 간판도 눈 속으로 사라진다. 이안은 길수의 난동을 본 뒤 조용히 사라졌다. 말자는 딸네 집으로 갔다. 현장을 구경하던 구경꾼들도 눈 위로 어둠이 내리자 하나둘 사라졌다. 현장을 지키는 인부와 창범이 모닥불을 쬐며 어둠과 범벅이 되어 내리는 눈을 구경한다.

* 이야기 속에 등장하는 인물들과 사건은 실제와 다르며 작자에 의해 각색이 된 것임을 밝힌다.

모든 출연진에게 감사함을 전하며

『우리는 오피스텔에 산다』에 출연해준 분들이 많지만 각자의 이야기를 전달해 준 분들은 모두 스물 여섯 분이다. 먼저 그분들에게 감사함을 전한다. 편의점을 찾은 남자1나 학생2, 혹은 인호를 검거한 형사1이나 탐문 조사를 나왔던 경찰2, 오피스텔 앞을 지나는 행인 1,2,3 분들에게는 이름을 묻지 못했다. 하지만 그들 역시 이 이야기에 출연해 감초 역할을 훌륭하게 해주었던 점, 너무 고맙고 감사하다.

특별하지도 않고 미스테릭하지도 않으며 스펙터클하지도 블록버스터적이지도 않은 이 이야기에 각자의 이야기를 전달해주신 출연진들에게 나는 큰 빚을 졌다. 더 긴 시간과 더 많은 공간을 제공해서 그들의 이야기를 충분히 들어주지 못한

점은 내내 아쉬움으로 남을 것 같다.

어느 누구도 주인공이지 않았으며 어느 누구도 엑스트라로 소외받지 않도록 연출을 했으나 출연하신 분들이 서운한 점들이 있었다면 그건 전적으로 작자의 미흡함 때문이지 출연해주신 분들의 부족함 때문이 아니라는 걸 밝힌다.

우리 모두가 높낮이 없고 좁거나 넓지 않은 존재임을 연출해보고자 살면서 만났던 여러분들에게 출연의 청을 드렸다. 단 한 분도 예외없이 내 손을 잡아주셨다. 그런 저에 대한 믿음에 보답을 하기 위해서라도 그분들의 내밀한 삶까지 기록해주었어야 했지만 몇몇 분들의 반대와 저의 연출 부족으로 깊이 있는 기록을 연출하는 데에는 무리가 있었던 것 같다. 한 가지 다행이라면 출연해주신 모든 분들이 동일한 출연료에 만족해 주셨다는 점이다.

보통의 삶을 기록하는 일이 쉽지 않다는 걸 이번 시절에 깨달았다. 보통의 삶을 살아내는 게 가장 어렵다는 사실도 알았다. 그래도 이 기록을 남길 수 있도록 지원해준 분들이 있는데 경기문화재단과 아시아 출판사 관계자 분들이다. 그쪽 관계자 분들에게도 고마움을 전한다. 언제 다 모일 수 있는 날이 온다면 마스크 벗고 단체 사진 한 방 찍을 수 있다면 좋겠다.

모든 사람들이 뜻한 일들 이루며 살아갈 수 있는 세상이 되기를 바라며.

2022년 새 겨울을 맞이하며

파주에서 전민식

우리는 오피스텔에 산다

2022년 1월 7일 초판 1쇄 펴냄

지은이 전민식
펴낸이 김재범
펴낸곳 (주)아시아
출판등록 2006년 1월 27일
등록번호 제406-2006-000004호
전화 031-955-7958
팩스 031-955-7956
주소 경기도 파주시 회동길 445
이메일 bookasia@hanmail.net
홈페이지 www.bookasia.org

ISBN 979-11-5662-583-4 (03810)

* 값은 뒤표지에 표시되어 있습니다.
* 이 책은 경기도 경기문화재단의 지원으로 발간되었습니다.